완벽한 사과는 없다

완벽한 사과는 없다

초판 1쇄 펴냄 2021년 6월 28일
    9쇄 펴냄 2024년 5월 24일

지은이 김혜진

펴낸이 고영은 박미숙
펴낸곳 뜨인돌출판(주) | 출판등록 1994.10.11.(제406-251002011000185호)
주소 10881 경기도 파주시 회동길 337-9
홈페이지 www.ddstone.com | 블로그 blog.naver.com/ddstone1994
페이스북 www.facebook.com/ddstone1994 | 인스타그램 @ddstone_books
대표전화 02-337-5252 | 팩스 031-947-5868

ISBN 978-89-5807-838-8 03810

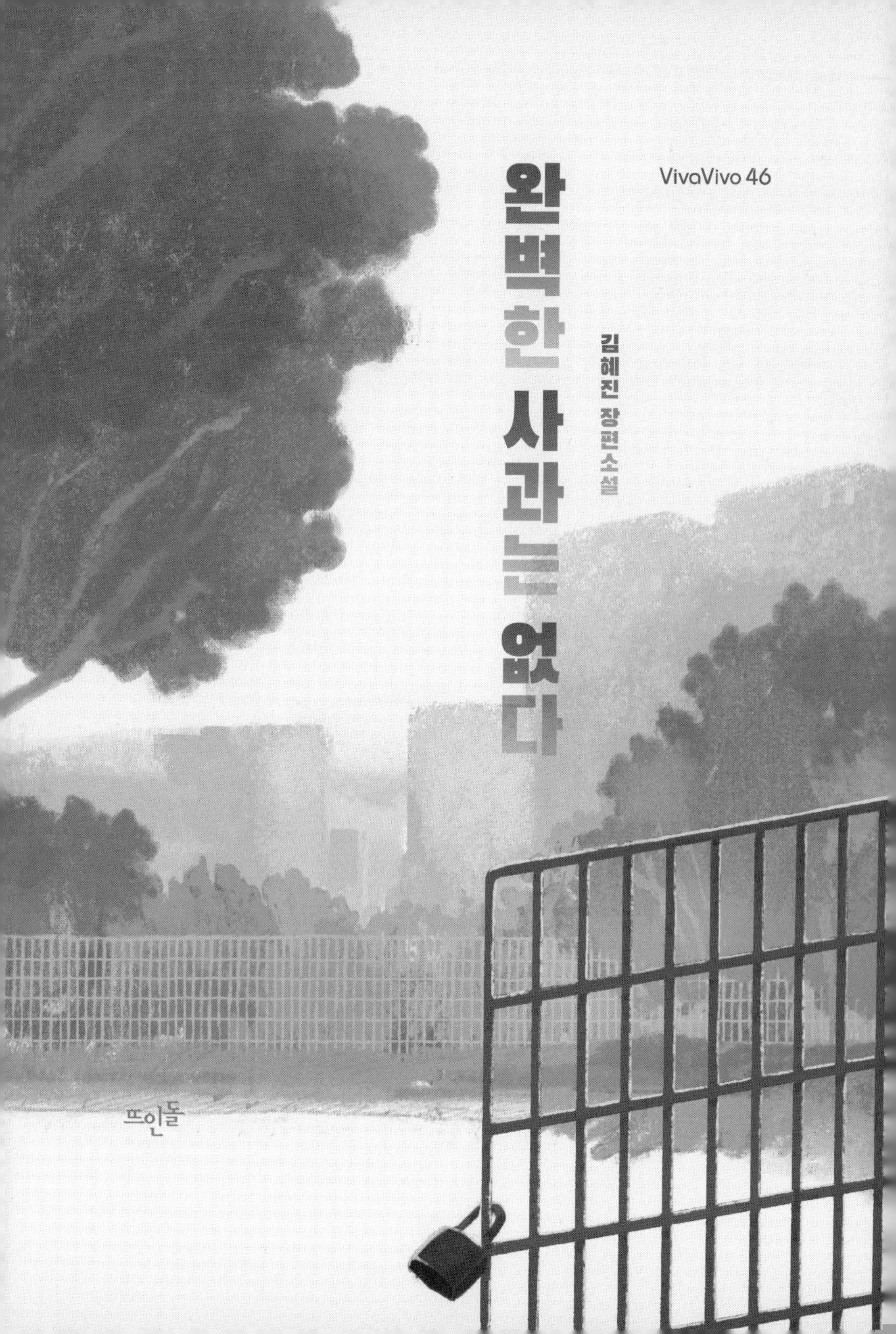
VivaVivo 46
완벽한 사과는 없다
김혜진 장편소설
뜨인돌

차례

지민이,
지미니,
지미니 크리켓

어떤 양심은 귀뚜라미였다.

1940년 작 디즈니 애니메이션 〈피노키오〉 얘기다.

나무 인형 피노키오를 살아 움직이게 해 준 파란 천사가 피노키오에게 말했다. 용감하고, 진실되고, 이기적이지 않다는 걸 증명하면 언젠가 진짜 소년이 될 거라고. 그러려면 옳은 것과 그른 것 사이에서 바르게 선택하는 법을 배워야 한다고. 피노키오는 옳고 그름을 어떻게 알 수 있냐고 묻고, 파란 천사가 대답한다.

"너의 양심이 말해 줄 거야."

"양심이 뭐예요?"

피노키오가 묻고,

"양심이 뭔데요?"

우리도 물었다.

〈피노키오〉를 처음 봤을 때니까, 일곱 살 여름이었다.

"양심? 어디 나오는 건데?"

엄마는 수박 접시를 작은방 바닥에 내려놓으며 되물었다. 지호의 엄마는 식탁에 엎드려 있었다. 아줌마의 길고 검은 머리카락이 젖은 빨랫감처럼 늘어져 있던 것이 기억난다. 익숙한 광경이었다.

우리 엄마가 뭐라 말했는지는 잊었지만 〈피노키오〉에서 나온 대답은 토씨 하나 틀리지 않고 외우게 되었다. 〈피노키오〉를 볼 때마다 지호와 나는 그 타이밍에 맞춰 합창하듯 외쳤다.

"사람들이 듣지 않는, 고요하고 작은 목소리지!"

그렇게 말한 것이 바로 지미니 크리켓, 피노키오 곁에 있는 중절모를 쓴 작은 귀뚜라미였다.

파란 천사는 지미니 크리켓에게 피노키오의 양심이 되어 달라고 부탁한다. 나무 인형 피노키오에게는 양심이 없었기 때문이다. 괜히 끼어든 탓에 피노키오의 양심이 되어 버린 지미니 크리켓은 자기가 답한 그대로의 운명에 처한다.

온 힘 다해 소리쳐도 무시당하는, 고요하고자 한 적 없으나 작디작아 들리지 않는 목소리가 된 것이다.

피노키오의 뒤를 졸졸 쫓아다니며 간섭하고, 애원하고, 답답해 발을 구르는 지미니 크리켓을 보면서 지호는 내게 말하곤 했다.

"지미니, 고생하네. 안됐다."

지민이, 지미니, 지미니 크리켓. 나조차도 피노키오가 '지미니'라고 귀뚜라미를 부를 때면 나를 부르는 소리 같아 흠칫 놀랐다.

"네가 내 양심이야, 지미니."

언젠가부터 지호는 자기가 피노키오라도 되는 것처럼 말했고,

"인간이나 돼라."

나 역시 그 애가 아직 인간이 되지 못한 나무 인형인 것처럼 장난스럽게 대꾸했다.

엄마들이 무슨 소리냐 물으면 아무것도 아니라고 딴청을 피운 다음 눈을 마주치고 키득거렸다.

지호는 나의⋯⋯ 무엇이었을까? 친구? 친척보다 가깝다는 이웃사촌? 실제로 우리를 사촌이라 착각하는 동네 사람들도 있었다. 우리 말고 엄마들이 닮아서였다. 하나하나 뜯어보면 다른데 전체적인 느낌이 비슷했다. 다듬지 않은 긴 머리, 화장기 없는 얼굴, 무채색의 옷들.

비슷했던 건 외모만은 아니었다. 혼자서 아이를 키우는 처지, 명절에 아무 데도 가지 않는 것. 다만 나에게는 이모가 있었다. 나는 이모가 놀러 올 때마다 가져오는 간식과 장난감을 모두 지호와 나누었다. 일본 여행 기념품으로 이모가 사다 준 피노키오 인형도 지호에게 주었다. 피노키오는 지호였으니까. 왜 줬냐고 속상해하는 이모에게 나는 되레 큰소리를 쳤다.

"그럼 이모가 두 개 사 오면 되잖아. 우리는 둘인데 왜 자꾸 하나만 사 오는 거야?"

"지민아, 내 조카는 너 하나야. 지호는 그냥 너랑 친한 거지, 나랑은 관계없다고. 지호 주라고 먹을 거 따로 사 왔잖아. 그 인형 비싼 거였는데."

이모는 말끝에 이모보다 지호가 더 좋냐고, 살짝 놀리듯 물었다. 나는 대답을 안 했다. 좋고 안 좋고, 지호는 그런 식으로 평할 수 있는 대상이 아니었다.

지호와 나는 거의 매일 봤고, 같이 놀았고, 같이 밥을 먹었다. 우리가 작은방에 들어가 노는 동안 지호 엄마와 우리 엄마는 식탁에 마주 앉아 커피를 마시고, 음식을 만들고, 노트북으로 뭔가를 했다. 바로 옆집이었는데도 지호네서 노는 법은 없었다.

초등학교에 들어가 학년이 높아질수록 지호네 엄마를 보는 날은 드물어졌다. 지호는 밤늦게까지 우리 집에서 엄마를 기다리다 아무도 없는 집으로 돌아갔다. 우리 엄마가 자고 가라고 해도 거절했다.

3학년 겨울, 지호가 얼굴과 팔에 멍이 든 채로 우리 집으로 도망쳐 오기 전까지 나는 아무것도 몰랐다. 엄마는 알았던 것 같다. 엄마는 별일 아니라는 듯 지호의 상처에 약을 발라 주고, 갈아입을 옷과 간식을 내주었다. 그런데 그때 집에 와 있던 이모는 달랐다. 이모가 이건 큰 문제이며 경찰에 신고해야 한다고 말하자 그동안 눈물 한 방울 보이지 않던 지호가 울기 시작했다. 그 말이 뭘 뜻하는지도 몰랐던 나는 그저 지호를 따라 울었다.

깜박 잠들었다가 일어났더니 지호가 없었다. 지호네 엄마가 찾으러 왔었다고 했다. 이모는 엄마에게 화를 냈다.

"그러다 언니가 뒤집어쓴다고. 그 집 엄마도 언니 믿고 막 나가는 거 아냐? 언니가 다 수습해 줄 거라 믿고서."

"지금만 그런 거야. 어차피 이사 가면 볼 일도 줄어들 텐데."

"우리 이사 가?"

놀라서 묻자 엄마는 전학은 안 가도 된다고, 가까운 데라고 내 질문과는 비스듬히 어긋난 대답을 했다.

그럼 지호는 어떻게 되는 거냐고 묻고 싶었지만, 엄마의 어떤 분위기가 그런 질문을 하지 못하도록 막았다.

우리 가족은 4학년 봄에 이사를 했다. 지호나 지호네 엄마는 한 번도 새집으로 놀러 오지 않았다.

지호와 사이가 나빠진 건 아니었다. 중학교가 달라지고 함께 다니는 친구들이 달라졌어도 마주치면 반갑게 인사했다.

"너 쟤 어떻게 알아?"

의아함과 불쾌감이 섞인 말투로 중학교 친구들이 물었을 때, 우리가 걷는 길이 인사할 수 있을 정도로 가깝게 붙어 있긴 해도 같은 길은 아니며, 이미 미세하게 벌어지고 있다는 것을 알았다. 아마도 점점 더 멀어지기만 하리라는 것도.

그래도 하나는 변하지 않았다.

지호가 나를 부르는 방식. 동네 편의점에서, 지하철역에서, 애들이 주로 다니는 패스트푸드점과 노래방 앞에서, 그 애가 나를 부르는 것.

"지미니."

부르면, 돌아보았다.

"우리 지민이, 이런 거냐. 좀 느끼한데."

중학교 친구인 인서가 말했다. 나는 그게 '지민이'가 아니라 '지미니'라는 걸 설명하진 않았다. 너무 긴 얘기였다.

마지막으로 〈피노키오〉를 본 것은 작년, 열여섯의 초여름이었다. 1학기 기말고사를 앞둔 6월 말의 평일, 인서 없이 혼자 학원으로 향하던 길에 지호와 마주쳤다. 지호도 웬일로 혼자였고, 나를 보자마자 마치 준비했던 말인 것처럼 〈피노키오〉를 보자고 했다.

무료 와이파이가 잡히는 놀이터 구석에 앉아, 지금 뭐 보냐고 묻는 모르는 어린애들의 질문을 받아 가며, 이어폰을 나눠 끼고 감자칩을 먹으면서 지호의 핸드폰으로 〈피노키오〉를 보았다.

"상당히 현대적이지 않아? 팔십 년 전 영화인데."

'오락의 섬'에서 피노키오가 당구를 치고, 담배를 피우고, 맥주를 마시는 장면을 보며 지호가 말했다.

"그렇게 말하니까 징그럽다. 조금 있으면 백 년 되잖아."

"이십 년이 조금이야?"

지호는 살짝 웃고는 만화영화의 대사를 따라 했다.

"나쁜 녀석이 되는 건 정말 재미있어. 그렇지 않니?"

"나쁜 것도 정도껏이어야지. 그러다 당나귀 된다고."

오랜만이어도 어색하지 않았다. 우리만 있으면 그랬다.

"나무 인형이나 당나귀나 뭐."

지호는 피노키오가 왜 사람이 되려 했는지 모르겠다고 말했다. 피노키오가 나무 인형이 아니었다면 제페토를 구하지도 못했을 거라고 했다. 나무 인형이니까 숨도 안 쉬고 바다로 걸어 들어간 거지, 보통 인간이면 고래 배 속까지 어떻게 갔겠느냐고.

"인간이 되어 봤자 좋을 것도 없는데."

지호가 말했다.

"자랄 수 있잖아."

"늙을 수 있다는 거네……. 죽을 수 있고. 그건 괜찮네."

나는 슬퍼졌다. 아니, 짜증이 났다. 죽음에 대한 이야기는 싫었다. 삶이라는 말 자체가 죽음을 내포하고 있다는 걸 알면서도 그랬다.

"지미니 크리켓, 네가 내 양심이잖아. 내가 나쁜 길로 빠질 때면 네가 날 잡아 줘야지."

지호는 오래된 농담을 던졌다.

"양심은 알아서 챙겨. 너 그러다간 평생 인간 못 된다."

그렇게 말할 때도 슬펐다. 감자칩 냄새로도 덮어지지 않는 담배 냄새와 살점이 드러나도록 물어뜯은 손톱 때문이었다. 지호를 둘러싼 소문들. 우리 학교까지도 전해지는 얘기들. 너 왜 이렇게 유명해졌냐고 웃으며 물어볼 수도 있었을까.

지호의 가방에는 아직도 내가 준 피노키오 봉제 인형이 달려 있었다. 피노키오는 원래 색깔을 알아볼 수 없을 정도로 낡아서 쓰레기통에서 주워 온 것처럼 보였다.

피노키오 말고 지미니 크리켓으로 주었어야 했다고 생각했다. 너를 지켜보고 있다고, 나쁜 길로 빠질 때마다 경고할 거라는 뜻으로. 하지만 인형 따위가 무슨 힘을 발휘할 수 있나. 사람인 나조차도 지호를 붙들 수 없는데.

"아, 이거?"

내 시선을 보고 지호가 웃었다.

"너무 낡았다. 그만 달고 다녀."

마음에도 없는 소리를 했다. 지호는 고개를 저었다.

"왜, 딱 마음에 드는데. 거짓말해도 코도 안 길어지고, 절대 사람이 될 리도 없고."

〈피노키오〉를 다 보고 나니 저녁이었다. 나는 남은 수업이라도 들으러 학원에 가기로 했다. 뭐라도 같이 먹고 가지 않겠느냐고 지호에게 물었다. 지호는 친구들을 만나야 한다고 했다.

"할 일이 좀 있어서."

큰길까지 함께 걸어갔다. 큰길에 조금 못 미쳐 골목 어귀쯤 지호의 친구들이 있었다. 지호가 아니었다면 눈조차 마주치지 않았을, 길을 빙 돌아 피해 갔을 아이들이었다. 사실은 지호가 바로 그런 애였다. 아마 다른 사람들은 지호를 그렇게 보았을 것이다. 그러나 내게 지호는 그저 일곱 살 때와 다름없는, 아직 인간이 되지 못한, 모르는 게 많아 잘못된 선택을 할 수밖에 없는 피노키오였다.

그 애를 피노키오라고 부르지 않았다면 달랐을까?

피노키오의 운명은 그런 거니까. 가지 말아야 할 곳을 가고, 만나지 말아야 할 사람들을 만나고, 해서는 안 될 일을 하게 되니까.

내가 양심이라고 불리지 않았으면 달랐을까? 목 끝까지 차오른, 하지 못한 말들 때문에 숨이 막히지는 않았을까?

"신지호!"

친구들 쪽으로 가던 지호를 불렀다. 지호가 멈춰 돌아보았다.

"엄마가 너 놀러 오래."

나는 무작정 말을 내뱉었다. 엄마가 지호의 이름을 입에 담은 지 몇 년은 되었지만 그렇게 말하고 싶었다.

"그래, 다음에 꼭 갈게."

선뜻 나오는 대답. 그래서 더 멀었다.

"안녕, 지미니."

지호가 나를 부른 말은 너무 작아서, 나에게만 들렸다. 혹시 그건 나에게, 양심에게 보내는 신호였을까.

그 모든 일이 지나간 후, 일 년에 가까운 시간 동안 나는 이날을 돌이켜 보며 경우의 수를 따져 보았다.

붙들거나 말리거나 쫓아가거나. 어느 것도 현실적이지 않았다.

그래서 나는, 이번에야말로 잘해 보려고 했다. 그게 내가 다온의 일에 개입하게 된 이유였다.

언덕 위의
세계

고등학생이 되어 다니게 된 새 학원은 언덕 위에 있었고, 언덕은 이상한 장소였다. 언덕이라기보다는 고개라고 하는 게 맞을까. 가파른 길을 올라가면 바로 내려가는 길. 언덕 밑에서 학원이 있는 꼭대기까지는 고작 버스 한 정거장이지만 경사가 하도 심해서 걸어 올라가기엔 벅찼다.

학원 수학 선생은 언덕 위에서 보는 풍경이 마치 영화 〈인셉션〉에 나오는 것처럼 땅이 저절로 세워져 접히는 장면 같다고 말하곤 했다.

"한번 올라오면 내려가지 말고 콕 박혀 공부하라는 거다. 풍수지리적으로 완벽한 장소지."

"그럼 급식실이라도 같이 만들어 주던가요. 먹을 데가 너무 없어요, 여기."

학원 애들이 입에 달고 다니는 불평이었다.

언덕 위에는 오래된 아파트 단지와 거기 딸린 낡은 상가 두 개 말고는 아무것도 없었다. 상가라고 해 봤자 4층 상가는 3, 4층이 학원이고, 길 건너 2층 상가는 2층 전체가 학원 자습실이었으니 절반이 학원인 셈이었다. 학원을 빼면 오래된 세탁소, 부동산, 과일 가게, 이름 없는 치킨집과 편의점이 다였다.

학원 애들은 모두 그 편의점의 단골이었다. 간판만 24시간이지 열한 시면 문을 닫았고 컵라면과 삼각김밥 종류도 언덕 아래 브랜드 편의점에 비하면 터무니없이 적었지만, 안은 꽤 넓고 앉을 자리도 많았다. 주인과 알바들은 아이들이 자리에 죽치고 앉아 수다를 떨든 문제집을 풀든 게임을 하고 동영상을 보든 신경 쓰지 않았다.

학원이 아니었다면 몰랐을 가게였다. 굳이 이 언덕까지 올라올 일이 없었을 테니까.

정다온도 그랬다. 한 번도 같은 학교인 적 없었던, 학원이 아니었다면 볼 일도 없었을 애. 아니, 같은 학교였어도 정다온 같은 애와 친해질 일은 없었을 것이다.

모두의 친구. 드라마로 치면 인기 많은 학생회장. 학생들의 선망과 선생들의 신뢰를 독차지하는 캐릭터. 어딜 가나 사람들에게 둘러싸여 웃고 있는, 상황의 중심.

그런 애가 아무 예고도 없이 내게 아이스바를 내밀었던 것이다. 인서와 편의점 창가에 앉아 컵라면을 먹고 있을 때였다.

"하나 남아서. 커피 맛 싫으면 바닐라로 바꿔도 돼."

정다온은 커피 맛 아이스바를 손에 들고, 언제나와 같은 밝은 얼굴로 나를 바라보고 있었다.

"나는 없냐?"

인서가 장난스럽게 말하자 정다온은 당황스러워했다. 둘은 초등학교 때 같은 반인 적이 있어서 나보다는 말을 편하게 하는 사이였다.

"아, 유인서 네 것도 사 올게. 잠깐."

"아냐, 나 감기 기운 있어서 찬 거 못 먹어. 지민아, 뭐 해. 받아야지."

인서가 아이스바를 대신 받아 내 앞에 놓았다. 상황 파악이 안 되어서 고맙다는 말이 선뜻 나오지가 않았다.

"아, 내가 두 개 먹으려 했는데!"

탁자에 앉은 정다온의 친구들이 과장되게 말했고,

"너희 배탈 난다."

정다온은 아무렇지 않게 말하며 그쪽으로 걸어갔다. 나는 고맙다고 입속으로 웅얼거렸다.

인서는 내 쪽으로 고개를 숙이고 속삭였다.

"뭐야, 정다온이 너 좋아하나?"

"농담이지? 오늘 내가 불쌍해 보이나 보지."

"그게 더 설득력이 있긴 하네."

보통의 경우라면 이런 행동에 의미를 부여하고 감정의 앞뒤를 따져 보았겠지만, 정다온이었으므로 그럴 필요가 없었다. 이런 베풂이랄까, 적선은 정다온에게는 일상이었다.

정다온은 지나치게 친절했다. 문을 열 때면 뒷사람이 지나갈 때까지 잡아 주고, 무거운 걸 들고 있으면 선뜻 대신 들어 주었다. 필기나 숙제를 아낌없이 보여 주는 걸로도 유명했고, 아무 이유 없이 먹을 걸 사서 강의실 전체에 돌리기도 했다. 작은 젤리나 초코바 같은 거. 딱히 거절하기도 곤란한 정도의 호의.

"지난주에 박서영 생일날엔 정다온이 조각 케이크 사 줬대. 오늘 생일이냐고 하더니 쉬는 시간에 언덕 내려가서 사 왔다더라."

인서가 말했다. 어떻게 그럴 수가 있을까. 버릇인가? 아니면 자기만족? 평판과 인기를 관리하는 건가? 어느 쪽이든 딱히 좋은 느낌은 아니었다. 그렇게 '좋은' 애를 꼬아 보는 내 자신이 별로인 것 같아 더 그랬다.

아이스바를 왜 준 건지 궁금해하지 않기로 했다. 상황이나 사람에 말리는 기분은 느끼고 싶지 않았다. 어쨌거나, 정다온을 둘러싼 아이들 가운데 하나가 되고 싶지는 않았다.

"용돈 많은 건 부럽네. 보답으로 뭐 안 줘도 되겠지? 나한테 준 건 벌써 잊었을 거 같은데."

인서한테 말하며 강의실 문을 여는데, 안에서 나오던 애들이 멈칫 물러섰다.

"안녕."

인서가 쾌활하게 인사했다. 나는 인사하지 않았다. 그쪽도 인서에게만 인사를 했다. 나는 그 애들을 똑바로 바라봤다. 먼저 눈을 돌린 건 그쪽이었다.

"너무 전투적이 된 거 아니냐."

인서는 내 어깨를 툭 치며 장난스레 말했다. 그게 인서의 장점이었다. 부드럽게, 할 말은 하는 거.

"내가 뭘. 아무것도 안 했는데."

"어, 안 했지. 그래서 그런 거지. 인사 정도는 하는 게 좋지 않겠어? 너무 싫은 티를 낼 건 없잖아."

"걔네가 잘못했잖아."

"그게 말이지."

인서는 짧게 한숨을 쉬었다.

"그 잘못이라는 게 좀 애매해. 걔네가 그 얘기를 동네방네 떠들고 다녔거나 인터넷에 썼다거나 하면 분명히 문제지만, 자기들끼리 얘기한 거잖아. 잘못 알았다는 게 죄는 아니잖아."

자기들끼리 말한 것도 틀린 정보를 확대재생산하는 것이니 문제라고 생각했지만, 말하지 않았다. 인서와 다투고 싶지 않았기 때문이었다.

인서마저 잃는다면 진짜 살기 싫어질 테니까.

그 애들과 부딪친 건 지난주 중간고사 기간이었다. 편의점에 갔다가 그 애들이 이야기하는 걸 들었다. 나와 인서는 늘 앉는 창가 자리에 앉아 컵라면이 익기를 기다리며 가장 완벽한 라면과 삼각김밥 사이 조합에 대해 토론하던 참이었다. 신라면과 참치마요, 불닭볶음면과 치킨마요 사이에서 결론을 내리지 못한 채로 라면을 한 젓가락 집으려는데, 탁자 쪽에 앉은 애들의 대화 소리가 들려왔다.

"언덕 아래, 밥버거 가게 앞에 꽃 있더라? 지난주에도 봤는데."

"꽃? 웬 꽃?"

"작년에 사고 났던 데잖아. 죽은 사람 가족이 났나 보지. 지나칠 때마다 쫌 소름이 돋아."

손에 힘이 들어갔다. 기분 나쁜 예감 혹은 추측이었다.

"그때 신지호 때문에 그렇게 된 거지?"

예상대로였다. 나는 나무젓가락을 컵라면 안에 꽂았다.

"왜?"

인서가 날 봤고, 나는 자리에서 일어났다. 그 애들은 여전히 말하고 있었다.

"진짜? 신지호 때문에 죽었어? 보드 타다가 사고 난 거 아니었어? 오토바이가 치고 갔다고 했는데. 헉, 신지호가 오토바이 타고 받은 건가?"

"그게 아니라, 보드 안 탄다는 걸 신지호가 억지로 타라고 했대. 언덕에서 무슨 보드야, 그것도 차도에서. 그러니까 죽인 거나 마찬가지지……."

나는 그 애들이 앉은 테이블로 가서 말했다.

"아닌데."

"뭐?"

얼굴만 아는 학원 애들이었다.

"그런 일은 없었어."

"야, 이지민, 우리끼리 얘기하는 거야."

그나마 이름은 아는 애가 말했다. 짜증과 당황스러움이 섞인 목소리였다.

"틀린 말을 하고 있잖아. 강요하고 그런 일 없었어. 그건 사고였다고."

탁자에 둘러앉은 네 명. 탁자 위 반쯤 먹은 에이스와 캔 커피들. 쪽지처럼 접어놓은 사탕 껍질. 테이블 위 오래된 낙서. 그런 것들이 되게 또렷하게 보였다.

"지민아, 라면 불겠다."

인서가 와서 그 긴장감을 누그러뜨리고 상황을 종료시킬 때까지 나는 그렇게 서 있었다.

"왜 저래? 갑자기."

누군가 내뱉은 말이 뒤통수에 꽂혔다. 인서만 아니었다면 되돌아가 대답했을 것이다. 잘못된 이야기를 바로잡으려는 거라고.

지호는 그런 일은 하지 않았다. 지호가 저지른 일이 아무리 많다고 해도 그 일은 아니었다.

작년 7월, 비슷한 시기에 일어난 두 사건. 교통사고와 학폭.

교통사고는 언덕 아래에서 일어났다. 작은 사고가 아니었다. 사람이 죽었다. 우리보다 한 살 많은, 바로 이 학원을 다녔던 어떤 남자애였다.

고등학교 보드부였고, 밤에 언덕에서 보드를 타는 게 그 동아리의 전통이라고 했다. 언덕 꼭대기 학원 앞 차도에서 출발해 언덕 아래 사거리를 통과하는 코스였다.

밤에는 한적하다 해도 위험천만한 일이었다. 사거리에는 네 방향으로 가는 차들이 동시에 멈춰야 하는 횡단보도가 있었지만, 마을버스나 배달 오토바이는 신호를 어기고 횡단보도를 지났다.

그런 위험 때문에 코스 완수가 불가능해질 때면, 중간에 왼쪽으로 방향을 틀어 인도 옆 골목으로 들어가는 것이 규칙이었다. 골목은 약간

오르막이어서 저절로 속도가 줄면서 멈출 수 있었다. 그런데 그날 그 순간 그 골목길에서, 오토바이가 나오고 있었던 것이다. 운이 나빴다. 오토바이에 치여 철제 제설함에 머리를 부딪혔고, 그게 치명상이 되어 병원에 도착하기도 전에 목숨을 잃었다고 했다.

많은 추측과 상상이 있었다.

보드부의 통과의례? 혹시 선배들이 강요해서? 아니면 원래 괴롭힘을 당하던 애는 아니었는지?

나와는 상관없는 일인 줄 알았다. 그땐 이 학원을 다니지 않았으니 언덕에 와 본 적도 없었고, 중학생인 내게 옆 동네 고등학교에서 일어난 일은 멀게만 느껴졌다. 우리 학교에서 학교폭력 특별조사를 할 때도 심각하게 여기지 않았다.

담임은 설문지를 나눠 주면서 아는 게 있으면 모두 다 적으라고 강조했다. 학기마다 으레 하던 거랑은 분위기가 달랐다.

"저쪽 언덕에서 사고 난 거 알지? 재성고 학생 죽은 거. 학폭이라는 말이 있다. 우리 학교에서도 그런 일이 있을 수 있어. 너희가 겪은 일, 아니면 주변에서 보았거나 느낌이 이상했던 거 모두 다 적어. 사실관계는 나중에 확인할 테니까."

근처 중고등학교에서 전부 그런 조사가 있었고, 크고 작은 일들이 그물에 건져 올라왔다. 우리 학교에서도 1학년들 사이에 벌어진 금품 갈취 사건이 드러났다. 그러나 그 모든 일을 압도할 만한 것이 있었다. 지호가 얽힌 사건이었다.

"동운중에 엄청 사고 친 애가 있대."

반 아이들은 둘러앉아 옆 학교에서 일어난 일들에 대해 떠들었다. 안도감과 호기심을 노골적으로 드러내며, 허기진 까마귀들처럼 발톱질을 해댔다.

나와 지호가 가까웠다는 것은 인서밖에 몰랐다. 인서는 나를 걱정했고, 내가 그 말들을 듣지 못하게 하려 했다. 하지만 나는 그 자리에 남았다.

신지호가, 신지호의 친구들이, 신지호가 시켜서, 신지호 때문에…….

많은 '피해자'들이 지호를 지목했고, 그 가운데 그 애가 있었다. 다른 '피해'들은 사소한 장난으로 보이게 할 정도의 피해자가.

나는 이야기를 들으며 날짜를 세었다. 3월부터 7월까지, 밝혀지기 직전까지 지호와 지호의 친구들은 그 아이를 때리고, 돈과 물건을 뺏고, 도둑질을 하게 시키고, 그리고, 그리고.

나와 함께 놀이터에서 〈피노키오〉를 보았던 그때, 지호는 말했다. 할일이 있어. 나와 헤어지고 난 후에 지호와 친구들이 했던 일은 무엇이었을까.

지호에게 보낼 문자를 쓰다 지우기만을 반복했다. 요즘 지호랑 연락하느냐고 물었던 엄마가 떠올랐다. 엄마는 뭔가 알고 있었던 걸까?

지호가 그럴 리 없어. 그러나 마음 한쪽에서는 그럴 수도 있다고 누군가 말했다. 나의 양심이, 아무것도 미리 알려 주지 못한 거지 같은 목소리가, 사실을 받아들이라고 말했다.

포털 뉴스에 뜬 가해자 A와 피해자 B에 대한 기사. 동운중 앞에 나타났다는 경찰차.

무성한 소문 속에 여름 방학이 되었고, 얼마 지나지 않아 지호가 다니던 학교로 돌아오지 못하리라는 소식을 들었다. 강제 전학이었다.

- 지호야.

뒤늦게 보낸 문자에 답은 없었다. 그렇게 지호는 사라졌다.

지호가 강전을 갔다는 사실은 소문에 대한 허락이나 다름없었다. 지호가 주인공인 이야기는 익사체처럼 역겹게 불어났다. 이 동네의 모든 사건과 악행들을 다 지호가 한 것처럼 쉽게 말하는 애들을 봤다. 뻗고, 주워 담지도 않았다.

"아, 그건 신지호 아니었어? 어쨌든, 신지호가 잘못한 게 많잖아. 걔 강전 갔잖아."

하나를 잘못했으면 다 감수해야 한다는 듯이. 죽을죄를 지었으니 사소한 건 따지지 말라는 듯이, 한번 검게 물들었으니 조금 덜 더러워지려 애쓸 필요조차 없다는 듯이.

그때부터 나는 자주 악몽을 꿨다. 아는 사람 같지만 정확히 누군지는 모르는 사람이 말싸움을 거는 꿈이었다. 앞뒤가 안 맞는 말을 우겨 대는 그 사람을 향해 나는 목이 터져라 소리 지르고 짜증을 내었다. 실제로도 소리를 질렀고, 엄마가 놀라 내 방으로 달려오는 일이 일주일에 두세 번은 반복되었다.

일 년이 지났는데도 여전했다. 같은 시기에 일어난 사건일 뿐이고, 보드 사고로 죽은 사람은 고등학생이며 그때 지호는 중학생이었는데도, 확실히 밝혀진 사실 하나 없이 지호 때문에 그 사람이 죽었다고 하는 것이다.

그 애들에게 더 정확하게 말했어야 했다. 아예 그 내용을 적어 학원 게시판 같은 데라도 붙여 놓으면 속이 시원할 것 같았다. 하지만.

그 정도는 감수해야 해.

이건 내 양심의 목소리인가?

'피해자'가 알면 그게 그렇게 억울하냐고, 그럼 자긴 어떻겠냐고 하지 않겠어?

나는 자습실 책상에 엎드렸다. 답할 수 없는 질문들이 늪처럼 나를 끌어당겨 삼켰다.

"이지민, 자?"

작은 목소리가 나를 불렀다.

"깜짝이야, 뭐야?"

화들짝 놀라 고개를 들었다. 정다온이 책상 옆에 서 있었다. 정다온은 놀라게 해서 미안하다고 말하더니 A5 노트 두 권을 내밀었다.

"이게 뭔데?"

"아까 문구점 갈 일 있었는데, 귀엽길래. 하나는 너 쓰고, 하나는 유인서 줘. 그럼 이따 수업 때 보자."

정다온은 노트를 내 책상에 버리듯 올려 두고는 재빠르게 사라졌다. 안 받겠다고 돌려줄 시간조차 없도록. 표지에 그려진 다람쥐가 의뭉스러운 미소를 띤 채 나를 바라보았다.

뭐지, 애 진짜?

혼자가
아니다

"뭐 좀 써 봤어? 주제는 생각해 봤어?"

통합사회 선생이 물었다. 복도에서 마주친 참이었다. 인서 옆에 숨어 피해 가려고 했는데 바로 잡혔다.

"아니요, 그냥 뭐."

사회 선생은 나더러 2학기 때 있을 윤리 논술 대회에 나가 보라고, 볼 때마다 뭐라도 써 오라고 했다. 그 바람에 요즘엔 사회 선생만 보면 도망 다니기 바빴다.

"편하게 해, 편하게. 그 피노키오 얘기 같은 걸로 쓰면 되지."

사회 선생은 이따 교무실에 들르라고, 참고서를 하나 주겠다고 말하고 지나갔다.

"너 골치 아프겠다."

인서가 위로하듯 말했다.

"난 윤리 그런 거 완전 끔찍하던데. 답이 없고 선택지만 줄줄 늘어놓잖아. 답인가 싶으면 또 딴소리한다니까."

"아니 뭐, 그게 재미있는 부분이긴 해."

내 말에 인서는 고개를 저었다.

"야, 사회가 널 제대로 보긴 했네. 재밌다는 걸 보니까."

재밌다. 재미없진 않다. 그렇지만 사회 선생이 저렇게 피노키오에 대해 언급할 때마다 후회가 밀려왔다. 수행평가로 써낸 글 얘기였다.

수행평가는 'AI가 인간처럼 행복을 느낄 수 있을까'를 주제로 다양한 관점에서 글을 쓰는 거였다. 통합사회 1단원에 나오는 행복의 의미나 기준을 다뤄 보라는 의도였겠지만, 나는 AI라는 단어와 사회 선생이 예전에 재미로 보라며 나눠 준 2학년용 '윤리와 사상' 프린트에 꽂혀서 엉뚱한 이야기를 늘어놓고 말았다.

프린트에 나온 건 인간의 특성이었다. 인간은 이성적, 사회적, 정치적, 도구적, 유희적 존재…… 그리고 윤리적 존재. '보편적으로 타당한 선을 파악하는 능력과 자기중심성을 벗어나 자신을 반성할 수 있는 능력'을 가진 존재.

딱 파란 천사가 피노키오에게 증명해 보라고 했던 거다.

양심이 알려 주는 대로 옳고 그름을 알고, 용감하고 진실되고 이기적이지 않으면 그러니까 '윤리적 존재'가 되면 인간이 되는 거였다. 이성적인 것도, 사회적인 것도, 문화적이나 종교적인 것도 아닌 윤리적 존재가 피노키오의 목표였다. 그리고 그 보편타당한 선을 대신 파악하고 판단해 주는 게 지미니 크리켓의 역할이었다.

하지만 그렇게 윤리적 존재로서의 정의를 만족시키는 인간이 몇이나 될까? 인간도 그렇게 못 하는데 나무 인형더러 그렇게 하라는 게 말이 되나?

아무래도 파란 천사 자신도 인간이 아니어서 잘 몰랐던 거 같다. 인간들이 얼마나 인간 같지 않은지.

그렇게 보면 귀뚜라미인 지미니 크리켓에게 양심의 역할을 맡긴 것이 말이 된다. 인간에게 맡겼더라면 엉망진창의 결과가 나왔을 테니까.

어쨌거나 결국엔 진짜 인간이 되었으니 해피엔딩이라 하기에도 찜찜한 구석이 있다. 피노키오가 마지막에 인간이 된 것은 제페토를 위해 희생을 했기 때문이다. 자기중심성을 벗어난 행동의 대표 격인, 자기희생.

애초 걸어 둔 조건보다 너무 오버하는 거다. 용감하고 진실되고 이기적이지 않기 위해 죽음까지 각오해야 하는 거라면 애초에 그렇게 조건을 걸든지, 나중에 뒤통수치는 꼴이다. 세상의 많은 일들이 그렇다. 요만큼이면 된다고 해 놓고 실제로는 그보다 몇 배는 넘도록 해야 인정받는 일들 말이다.

정신 차려 보니 과제와 아무 상관도 없는 글이었다. 나는 피노키오 대신 화를 내고 있었다. 이리저리 끌려다니고, 이용당하면서도 헤헤 웃기나 했던, 모두가 자기의 욕망을 투영했던 그 피노키오를 대신해서.

AI가 행복을 느낄 수 있겠느냐고? 그 질문은 행복하기'까지' 해야 한다고 강요하는 것처럼 들렸다. 대상을 철저하게 소외시키는 질문일 뿐이었다.

그쯤 되어서는 이게 수행평가인지 저격인지 구별이 안 되게 꼬여 버렸다. 다시 쓸 시간도 기운도 없었고, 억지로 결론을 내어 글을 마무리했다. 'AI는 육체적인 만족을 추구하거나 자아실현을 중요하게 여기기보다는, 윤리적인 만족을 추구할 때 행복을 느낄 가능성이 크다' 이렇게.

웃기게도 점수는 잘 나왔다. 주제와 딱 맞지는 않지만 나름의 논리가 흥미롭다는 평을 받았고, 사회 선생의 관심은 덤이었다. 사회 선생은 그 앞뒤 없는 글에서 무슨 가능성을 봤기에 자꾸 더 써 보라는 걸까. 그런 글을 쓰고 있으면 화만 난다. 이 세상이 싫어지고, 사람들이 꼴 보기 싫어진단 말이다.

이건 또 뭐야.

학원 자습실 자리에 작은 과자 몇 개가 놓여 있었다. 위에는 웃는 얼굴이 그려진 하늘색 포스트잇 하나. 보낸 사람의 이름은 없었지만 그림이 익숙했다. 정다온이 시험지나 칠판에 사인처럼 그리는 그림이었다.

지난번 아이스바와 며칠 전 공책에 이 과자까지, 벌써 세 번째였다. 자잘하게 인사를 하고 말을 건 횟수까지 합하면 더 많았다. 정다온은 희한한 방식으로 거슬리게 굴었다. 호의에서 비롯되었다는 건 분명했지만 정도와 이유를 가늠할 수 없어 대처하기가 어려웠다.

"안녕, 이지민. 수학 숙제 다 했어?"

한재희가 내 자리를 들여다보며 말을 걸었다. 얼떨떨했다. 한재희와는 인사만 겨우 하는 사이였다.

한재희의 시선이 내 책상 위를 훑다가 과자와 포스트잇에 멈추었다.

한재희가 미간을 찌푸렸다.

정다온 때문이구나.

정다온이 자기를 특별하게 대한다고 생각하는 애들이 꽤 있다. 한재희도 그 가운데 하나인 모양이었다. 다른 사람이면 몰라도 한재희와 얽히고 싶지 않았다.

"이거 뭐야, '윤리와 사상'? 너 윤사 선행하니?"

책상 위에는 아까 사회 선생에게서 받아 온 '윤리와 사상' 참고서가 있었다. 한재희는 되게 웃긴 걸 본 것처럼 혼자 웃었다.

"어. 미리 해 두려고."

웃지 않고 대답했다. 예전 같으면 웃기지 않은, 심지어 불쾌한 농담에도 따라 웃고 어설프게 대꾸했겠지만 지금은 달라졌다. 전투력이 높아졌다는 인서 말이 틀린 게 아니었다.

"그래. 이지민 너랑 잘 어울린다."

신경이 곤두섰다.

뭘 알고 하는 소리냐고 묻고 싶었지만 한재희는 자기 할 말만 하고는 가 버렸다.

한재희는 초등학교 6학년 때 지호와 사귄 적이 있다. 학교 복도에서 지호와 마주칠 때마다 한재희가 있었다. 속마음은 어땠을지 몰라도 내게 친근하게 말도 잘 걸고 예쁜 스티커를 나눠 준 적도 있었다. 그러다 둘이 깨지고 나서는 나를 완전히 무시했다. 어차피 중학교는 달랐으니 의식할 일이 거의 없긴 했다. 고등학생이 되어 학원에서 이렇게 다시 만나게 되기 전까지는.

책상 위에 놓인 과자에 시선이 닿았다. 나는 과자와 포스트잇을 함께 구겨 쓰레기통에 넣어 버렸다.

"'윤리와 사상'? 그 학교는 1학년 때 벌써 윤사 배워?"

수학 선생이 내 참고서를 들여다보며 말했다. 늘 그렇듯 뒷문으로 들어와 책상 사이를 한 바퀴 돌면서 이런저런 참견을 하던 중이었다.

참고서를 두고 와도 됐지만 한재희의 말이 신경 쓰여서 들고 왔다. 한재희가 한 말에 신경 써서 두고 온 것처럼 보일까 봐 일부러 들고 온 것이었다. 그렇게 복잡하게 생각하는 스스로가 진절머리 났지만.

"윤리가 수학하고 깊은 연관이 있지. 예전에 철학자는 곧 수학자였어. 세상의 진리를 찾고 분석하는 거니까 일맥상통하지."

수학 선생은 피타고라스와 데카르트처럼 철학자인 동시에 수학자인 사람들에 대해 말하다가 방향을 틀었다.

"진리를 수치로 측정할 수 있을까? 어차피 백 퍼센트 진리는 없지. 몇 퍼센트는 넘어야 진리가 될까?"

"왜요, 백 프로 진리도 있을 수 있죠."

누군가 말했다. 수학 선생은 어디 얘기해 보라는 듯 손짓했고, 그 아이가 말했다.

"살인하지 말라."

선생이 곧바로 받아쳤다.

"그럼 전쟁은? 정당방위는? 나와 내 가족, 내 나라를 지키기 위해 살인하는 것은 용납되지 않나?"

"밥을 안 먹으면 죽게 된다?"

인서가 말했고 애들은 모두 웃었다.

"에너지 섭취를 먹는 걸로만 할 수 있는 건 아니니까. 혈액에 직접 영양분을 주입한다면 죽지 않을 수 있지."

수학 선생은 꼬투리를 잡고, 애들은 다시 공격하고. 유치하지만 흥미로운 대화였다.

분위기가 경직된 것은 선생이 학교폭력과 왕따에 대해 이야기하기 시작했을 때였다.

"그럴 때 방관자들에 대해서는 책임을 물을 수 있을까? 방관자들은 자기 자신을 지키기 위해 그런 선택을 한 거지. 그걸 비난할 수 있을까?"

아무도 대답하지 않았다. 수학 선생은 미간을 찌푸리고 교실을 돌아보았다. 교실엔 동운중이었던 애들이 몇 명 있었다. 지호를 알고, 그 '피해자'를 알았을 애들이.

속이 메슥거렸다. 화장실에 가기 위해 손을 들려던 참에, 정다온이 말했다.

"역시 백 프로 진리는 없네요. 수업 시간 십 분 지났는데요. 수학의 진리를 배울 시간이 십 프로 줄었어요."

수학 선생은 웃었고, 칠판을 향해 돌아섰다. 익숙한 숫자와 기호들이 칠판을 채우기 시작하자 속이 나아졌다.

쉬는 시간에 화장실에 갔다 돌아오는데 복도에 정다온이 서 있다가 물병을 내밀었다. 방금 자판기에서 뽑은 것처럼 차가워 보였다. 갑자기 화가 치밀었다.

"왜 이래?"

"어?"

정다온은 아무것도 모르겠다는 듯이 되물었다.

"왜 뭘 자꾸 주고 그래? 불편하다고."

"아 그랬구나. 나는, 그때 네가…… 아니야, 알았어. 불편하게 만들어서 미안하다."

"그때 내가 뭐. 할 말 있으면 해."

'그때'라고 불릴 만한 일이 애와 나 사이에 있었던가.

옆 강의실 아이들이 복도로 나왔다. 정다온은 난처한 얼굴로 나중에 이야기하자고 말했다.

나중은 금방이었다. 수업 끝나고 자습실로 건너와 있는데 정다온이 찾아왔다. 그렇게 말했는데도 캔 커피 두 개를 들고서.

정다온은 내 눈치를 보더니 캔 커피를 등 뒤로 감추고 말했다.

"본론만 말할게. 그때, 편의점에서 네가 하는 얘기 들었거든. 그래서 뭐라도 챙겨 주고 싶어서 그런 건데. 내가 생각이 짧았어."

그때? 편의점?

"한 2주 됐나. 그 보드 사고 얘기, 이수아랑 김규리가 했던 얘기 말이야. 네가 그렇지 않다고 정정했던 거."

그제야 생각났다. 중간고사 때 편의점에서 지호에 대한 부풀려진 이야기로 사소한 다툼이 있던 때였다. 애들이 언덕의 보드 사고도 지호 탓이었다는 말을 하고 있을 때 정다온도 거기 있었다고 했다. 내가 그렇게 바로잡지 않았다면 자기가 나서려 했다고, 정다온이 말했다.

"그런 일은 없었잖아. 그렇게 말도 안 되는 헛소문이 퍼져 나가게 둘 순 없는 거잖아."

정다온이 단어 하나하나에 힘주어 말했다.

상황 파악이 잘 되지 않았다. 정다온이 지금 지호 편을 드는 게 맞나? 어떻게 그럴 수가 있지? 정다온도 동운중이라고 들었다. 지호와 같은 학교니까 지호가 저질렀다는 그 일들에 대해 더 정확하게 보고 들었을 것이다. 그런데도 정다온은 지호를 두둔하고 있었다.

"잘했어."

정다온은 내가 공을 주워 온 강아지라도 되는 듯 말했고 곧바로 머리를 좌우로 흔들었다.

"아, 내 말투 별로지. 그런 소리 자주 들어. 아랫사람에게 하듯 말한다고. 그렇게 느껴졌음 미안해."

몰랐는데 정다온은 미안하다는 말을 엄청 많이 하는 애였다. 내가 괜찮다고 했는데도 거듭 사과했다. 거리를 두고 봤을 때완 달랐다.

"근데 어떻게 아는 사이야? 너 동운중 아니었잖아. 맞지?"

정다온이 물었다.

"어릴 때 친했어. 옆집 살았거든. 4학년 때까지는, 거의 매일 봤는데."

나는 울지 않기 위해 아랫입술 안쪽을 꾹 깨물었다.

"힘들었겠다……."

정다온이 말했을 때는 더 세게 물었다.

지호가 사라지고 나는 힘들었다. 힘들었지만 힘들다고 말할 상대가 없었다. 내게도 무슨 일이 생길까 봐 곤두서 있는 엄마에게? 진작 이사하고 연락 끊길 잘했다고 말한 이모에게? 아무리 친한 인서라 해도 지호와 나의 관계에 대해 설명하는 건 불가능했다.

"걔네들은 뭘 알지도 못하면서 함부로 말했잖아. 명예훼손감이야. 당사자가 듣지 못한다고 해서 그렇게 막 말해도 되냐고."

정다온이 말했고, 나는 차마 말이 나오지 않아 고개만 끄덕였다.

"그래서 고마워서. 고맙다고 하면 좀 오번가. 네가 나보다 더 친했을 수도 있는데."

정다온이 어색한 태도로 입가를 어루만졌다. 나는 고개를 세차게 저었다.

"아니야, 오히려 내가 고마운데."

진심이었다. 지호의 편을 들어 줘서 고마웠다. 고맙다고 말해 줘서 고마웠다.

꽉 막힌 막다른 길에서 아주 좁은 틈새를 발견한 기분이었다. 그리로 몸을 쑤셔 넣어 지나갈 수는 없어도 신선한 공기가 들어오는 틈새. 지호가 사라지고 난 뒤 처음 느껴 보는 위안이었다.

정다온과 지호에 대해 알게 되었기 때문에 나는 언덕 아래 꽃까지도 바로 볼 수 있게 되었다.

인서가 동생 책을 대신 반납해야 한다고 해서 언덕 아래 도서관으로 가던 길이었다. 사고가 난 골목 어귀 가로등 밑에, 뜰이나 공원에서 꺾어 모은 것 같은 작은 꽃다발이 놓여 있었다. 누군가는 저 꽃을 보고 여전히 지호를 떠올릴 것이다. 그래도 진실을 아는 사람들, 헛소문에 흔들리지 않는 사람들이 있다. 나는 그 꽃이 헛소문의 근원이라도 되는 것처럼 쏘아보았다.

"다시 탄다더라, 그거. 보드."

인서가 내 시선을 보고 말했다.

"어디서? 이 앞에 막아 놨잖아."

"이쪽 말고 반대쪽에서 탄다던데. 이태현 깁스한 거, 자전거 사고 아니고 언덕에서 보드 타다 그런 거래. 엄마한테도 말 못 했다더라. 최윤아랑 한재희랑, 또 누구 있더라. 학원 애들만도 다섯 명은 되던데. 미쳤어, 진짜. 보드 타면 내려가는 거야 빨리 내려가겠지. 한 칠십 년 정도."

자습실 옆 창고에 보드를 숨기더라고, 인서가 말했다. 보드를 든 한재희의 모습에 자연스레 정다온과 지호의 모습이 겹쳐 떠올랐다. 거슬렸다. 그런 식으로 연상이 되는 게 싫었다.

인서가 도서관 1층 어린이실에서 동생을 위한 책을 찾는 동안 나도 책을 검색했다. 어린이책이 있는 곳이면 없을 리가 없는 〈피노키오〉.

그림책으로 세 권이 있었다. 사탕가게처럼 알록달록한 수채화, 그림자 같은 흑백 펜화, 마지막은 쨍한 컴퓨터 그래픽이었다. 피노키오와 지미니 크리켓도 그림마다 달랐다. 어떤 지미니는 음흉해 보이고, 어떤 지미니는 멍청해 보였다. 어떤 지미니는…… 슬퍼 보였다.

"뭐 봐? 〈피노키오〉? 근데 피노키오도 뭘 먹긴 했나?"

인서가 그림책을 뒤적이다 한 장면을 가리켰다. 피노키오 앞에 진수성

찬이 차려져 있는 그림이었다.

지호와도 그런 대화를 했었다. 살아 움직인다 해도 나무 인형이니까 먹을 필요는 없었겠지만, 제페토 할아버지가 생선 요리를 내주기도 했고, 오락의 섬에선 아이스크림과 파이도 먹었으니 뭐든 먹을 순 있었을 거라는 게 우리의 결론이었다.

사람처럼 살기는 해야 했을 테니까.

먹기 싫어도, 나중에 다 토해 낸다 해도, 다른 애들이 입안에 빵이며 고기를 쑤셔 넣을 때 나무 이 끝으로 사과를 갉작거리기라도 해야 했을 것이다.

그 순간에 왜 그렇게 마음이 가라앉았는지 모르겠다. 그 그림들을 보고 있으려니 숨길 수 없이 기분이 나빠졌다. 아니, 나빠졌다는 표현은 어울리지 않는다. 좋은 건 뭐고 나쁜 건 뭔데. 실실 웃고 목소리를 한 톤 높여 말하고 고개를 끄덕이고 있음 좋은 건가? 소리 지르고 싶고 주먹을 꽉 쥐게 되고 일그러지는 표정을 참을 수 없으면 나쁜 건가? 누구한테 좋고, 누구한테 나쁜 건데? 다른 사람들 보기에 좋고 나쁘고?

"와, 애들 많다."

인서가 어린이실 밖 놀이터를 가리켰다. 지호와 마지막으로 〈피노키오〉를 보았던 그 장소였다.

"저기, 정다온 아니야?"

처음엔 정다온인 줄 몰라봤다. 정다온은 땀을 흘리면서 어린애들과 놀아 주고 있었다. 아주 어린 꼬마가 정다온의 다리에 매달렸고, 정다온은 그 애를 번쩍 들어 몇 번 허공으로 던졌다 받았다. 꼬마는 깔깔거리며 다온의 목을 끌어안았다.

"정다온 동생인가? 되게 어린 동생이 있네. 별로 안 닮았다."

인서가 말했다.

인서와 나는 책을 빌려 놀이터 쪽으로 나왔다. 정다온은 우리를 봤고, 품에 안고 있던 꼬맹이를 내려놓더니 젊은 여자에게 외쳤다.

"연지 이모! 연지 코 나와요!"

그러곤 우리 쪽으로 뛰어왔다.

놀라운 사실은, 그 애가 정다온의 동생도 아니고, 사촌이나 조카도 아니고, 놀이터에서 얼굴만 아는 사이라는 거였다. 이모라고 부른 그 사람도 놀이터에서 알게 된 사람이라고 했다.

인서는 어이없어하며 말했다.

"야, 너 그러면 사람들이 이상하게 봐. 요즘 범죄들이 다 그런 식인 거 몰라? 은근히 친하게 지내다가……."

"지금 나더러 범죄자라는 거야? 너무하네. 애들 따라 피씨방 가기 지겨워서 운동 겸 놀다 가는 건데."

그러고 보니 정다온은 친구도 없이 혼자였다.

"너 애들 좋아해?"

내가 묻자 정다온은 어깨를 으쓱 올렸다.

"그냥, 단순하잖아. 애들은 기쁘게 하기 쉬우니까. 놀아 주면 좋아하고, 사탕 주면 신나 하고."

"야, 사탕도 줘? 모르는 사람한테서 먹을 거 받으면 안 된다고 안 배웠냐? 네가 나쁜 의도가 아니라고 해도 받아 버릇하면 다른 사람한테도 경계가 느슨해질 수 있다고. 이거 잠재적 범죄 방관자네."

인서는 흥분해서 난리였는데, 무색하게도 그 '연지 이모'라는 사람이 요구르트 세 개를 들고 와 우리에게 주었다. "다온이 친구니?" 하고 친절하게 묻기까지 했다. 사정을 몰랐으면 진짜 친이모인 줄 알았을 거다.

"모르는 사람한테서 먹을 거 받으면 안 된다며."

정다온이 인서를 놀렸고, 인서는 머쓱하게 요구르트를 먹었다.

인서만 아니었다면 지금 물었을 것이다. 어쩌다 지호와 아는 사이가 된 건지, 진짜 친한 건지 아니면 인사나 하는 정도였는지. 학교에서의 지호는 어땠는지, 혹시 지금도 연락하는지.

동시에 캐묻고 싶지 않기도 했다.

정다온이 그만큼 지호와 친한 것은 아니고 그저 순간의 정의감을 발휘했을 뿐이라면 실망스러울 것 같아서였다. 논리적으로 생각하면 그쪽이 더 가능성이 있었다. 지호와 함께 이야기를 나누거나 뭘 먹고 있는 정다온의 모습은 도무지 상상이 안 되었다. 아니지, 저렇게 아이들과 잘 놀아 주는 모습도 상상하지 못했던 거니까……

"뭘 또 그렇게 생각해, 올라가자."

인서가 내 팔짱을 꼈다.

우리 셋은 언덕을 올랐다. 인서와 둘이 다니던 길에 정다온이 끼어 있으니 기분이 묘했다.

"아, 우리 지민이 이제 나 없으면 심심해서 어떻게 하지?"

인서는 과장되게 우는 소리를 했다. 인서는 다음 주부터 영어 수업만 듣고 미술 학원으로 가게 되었다. 엄마 아빠와의 오랜 투쟁 끝에 얻어 낸 결과였다. 미술도 미술이지만 수학에서 해방되었다며 인서는 엄청 기뻐했다.

"오, 미술 해? 유인서 너 그림 그렸어?"

정다온과 인서는 미대 입시에 대한 이야기를 주고받았고 나는 듣기만 했다.

그림을 그리고, 그걸로 대학을 가고…… 딴 나라 이야기였다. 나는 딱히 잘하는 것도 좋아하는 것도 없고 뭐가 되고 싶은 것도 없었다. 적성 검사에선 언어 능력과 자기성찰 능력이 높게 나왔고, 인문이나 사회과학, 교육 관련직으로 추천 직업이 나왔었다. 너무 뻔하고 지루했다.

학원 앞에서 한재희네 무리와 마주쳤다. 인서는 인사했고 나도 형식적으로나마 인사는 했는데, 정다온은 머뭇거리다 먼저 건물로 들어가 버렸다. 한재희와 눈이 마주치면 안 될 것 같아서 고개를 돌리고 걸었다. 무슨 일이 있기는 했나 보지. 별로 알고 싶지도, 엮이고 싶지도 않았다.

알고 싶지 않고 엮이고 싶지 않았는데 상황이 이상하게 돌아갔다.

"너 정다온하고 친해?"

수업 끝나고 나오는데 한재희 친구인 박서영이 얘기 좀 하자고 말을 걸었다. 한참 분위기를 잡더니 물어본다는 게 저런 거였다. 불쾌했다. 한재희가 시킨 건가?

"인사하는 정도야."

박서영은 고개를 비스듬히 기울였다.

"뭐, 그래. 그렇단 말이지."

"그건 왜 물어보는데?"

"별거 아냐, 친하지도 않다며 궁금할 것 없잖아."

물어보는 자세가 틀려먹었다고 따지고 싶기도 했지만 더 상대하는 것도 피곤해서 내버려 뒀다.

무시하고, 잊어버리고 싶었는데 그게 잘 안 되었다. 그다지 좋지 않은 예감이 들었다.

양심의
일

분위기가 바뀐 것은 그 직후였다. 박서영 말고 두 명이 더 내게 정말로 정다온과 '친하지 않은지' '사귀는 건 아닌지'를 확인했다. 인서도 똑같은 질문을 받았고 우리가 정다온과 아무 사이도 아닌 것이 확인된후, 한재희와 그 친구들은 정다온을 무시하기 시작했다. 며칠 전만 해도 정다온 근처에 모여 농담을 하고 초콜릿을 나눠 먹던 애들이었다.

인서와 편의점에 갔다가 바로 그런 일이 벌어지고 있는 현장을 봤다. 정다온이 편의점을 나가면서 버릇처럼 유리문을 잡아 주자 들어오던 박서영이 짜증을 내며 그 문을 확 잡아당겼다. 방심하고 있던 정다온은 유리문에 낄 뻔했다.

정다온은 유리문 밖에서 잠깐 박서영을 바라보다 갔다. 인서가 박서영에게 말했다.

"야, 너무한 거 아니냐? 왕따는 좀 아니지."

"이게 무슨 왕따야!"

박서영은 펄쩍 뛰며 부인했다.

"걔가, 정다온이 너무 그랬잖아. 원래 기분 나빴어. 뭐 어장 치는 거 같잖아. 사람 가지고 노는 거 같고."

"너도 정다온 좋아했냐?"

"야, 미쳤냐?"

"에휴. 적당히 해라. 적극적으로 이러면 폭력인 거 알지."

"폭력은 무슨. 손도 까딱 안 하는데."

"학폭 방지 교육을 귓등으로 들었나, 물리적인 폭력만이 폭력이 아닌 걸 아직도 모르냐."

인서가 혀를 찼다.

"됐어. 자업자득이야."

박서영은 고개를 돌렸다. 한재희는 거기 없었다. 그래도 한재희가 중심이 되어 만들어 낸 상황이라는 건 확실했다.

그다음 날 정다온은 수학 수업을 빠졌다. 한재희네 무리가 모두 듣는 수업이었고, 학원에서 가장 반응이 좋은 수업이기도 했다.

수학 선생은 다온의 지정석이나 다름없는 중앙 앞자리 빈 책상에 프린트를 내려놓았다.

"결석하면 프린트 안 주는 거잖아요."

박서영이 불만을 표시했지만, 수학 선생은 박서영을 한 번 지그시 보는 걸로 대답을 대신했다. 무슨 일이 벌어지는지 알고 있는 모양이었다.

나 또한 이 상황에 대해 의견을 표시했다. 정다온의 자리에 놓인 수학 프린트를 챙기는 것으로.

"그거 왜 가져가?"

박서영이 물었지만 대답하지 않았다.

감정적으로 행동한 것은 아니었다. 나는 답을 찾으려 했다. 나의 양심이 말하는 바를 들으려 했다.

왜 프린트를 가져왔나. 왜 군이 튀는 행동으로 정다온을 두둔하려 하고 있나.

첫째, 정다온이 그런 취급을 받을 정도로 잘못을 했나? 한재희하고 무슨 일이 있었다 해도, 한재희 아닌 다른 사람들까지 정다온에게 그래도 되나?

아니. 나는 그렇게 생각하지 않는다.

둘째, 그 애들과 부딪치기 싫다는 이유로 다온을 멀리해야 하나.

그렇지 않다. 다른 사람들이 자기의 논리대로 어떻게 행동하든지 그게 내 행동을 좌우할 이유는 되지 않는다. 절대.

셋째, 그래도 그렇게 눈에 띄게, 보는 앞에서 프린트를 챙기고 그럴 필요까지 있었나?

있었다. 왜 조심해야 하나? 내가 잘못하고 있는 것도 아닌데.

사실 다른 방법도 있었다. 다온이 직접 수학 선생한테서 받을 수도 있고, 나중에 복사를 해 줘도 된다. 강의실에 있던 정다온의 친구들도 그렇게 생각해서 프린트를 그대로 둔 것일 수도 있다. 하지만 나는, 이렇게 해야 했다.

그게 내 양심의 목소리였다.

자습실에 있던 정다온은 굳은 표정으로 프린트를 받더니 안 가져다줘도 된다고 말했다. 그러고선 또 다음 수업에 빠졌다. 나는 다시 프린트를 챙겼고, 그걸 받아든 정다온이 말했다.

"고마워. 근데 이제 그만 해. 너까지 엮일 필요 없잖아."

"나는 상관없어."

"어떻게 상관이 없어. 걔들이 봤을 텐데. 꼬투리 잡힐 거라고."

"상관없다니까."

"상관있다고!"

정다온이 벌컥 화를 냈고, 그게 나에 대한 화가 아니란 걸 알았지만 나도 화가 났다.

"너 때문에 이러는 거 아니야, 나 때문에! 나도 이렇게 해야 하는 이유가 있어서 그러는 거야!"

정다온이 어떤 애이든 상관없다. 정다온이 어떤 아이라서, 혹은 어떤 아이가 아니라서 이렇게 행동하는 게 아니다. 나 자신 때문이었다. 내가 행동하지 못하고, 나서지 못해서 놓쳐 버린 한 사람 때문에. 그 기억 때문에.

"……왜 우리가 싸우냐."

정다온이 말했다. '우리'라는 테두리에 묶일 사이는 아니잖아. 약간 소름이 돋았다.

"정의로워야겠어? 불의를 보면 못 참고, 뭐 그런 거야?"

정다온은 농담처럼 물었다.

"받기 싫으면 수업 나오든가. 왜 안 나오는 건데, 수업은."

정다온 같은 애가 왜? 학원에는 정다온이랑 친한 친구들도 있었고, 반 애들 가운데서도 정다온을 좋게 생각하는 애들이 더 많았다. 선생님들도 대부분 정다온을 좋아했다. 정다온이 어떤 정치력 같은 걸 발휘하기만 한다면, 한재희와 그 친구들 정도는 가뿐하게 눌러 버릴 수 있을 것 같았다.

"자습실은 좀 답답하네. 도서관이나 가려고. 그러니까 내일부터는 프린트 챙기지 마."

정다온은 딴소리를 했다. 내가 언덕 아래 도서관까지는 내려오지 않을 거라고 생각하고 한 말이었을 테지만, 나는 그다음 날 프린트를 들고 도서관으로 내려갔다. 정다온은 열람실에 있다가 얼빠진 표정으로 밖으로 나왔다.

"일부러 이러는 거지? 나한테 복수하려고."

정다온은 헛웃음을 지었다. 갚는다는 말 대신 복수라는 표현을 쓴 게 인상에 남았다.

정다온과 나는 도서관 옆 공원으로 이어지는 계단 위 오래된 정자에 앉았다. 놀이터에서 노는 아이들 소리가 잘 들렸다.

정다온이 말했다.

"나는, 모두가 나에게 우호적이었으면 좋겠어. 누구라도 날 싫어하는 것 같으면 괴로워져. 강박이지. 알아도 어쩔 수가 없어."

그래서 정다온은 모두에게 친절하게 군다고 했다. 과하다는 소리를 들은 적도 많지만 그 기준이 헷갈린다고.

"모두에게 잘하면 좋은 거 아냐? 그런 줄 알고 살았는데, 지금까지는 그렇게 큰 문제가 된 적은 없었는데, 지금은 잘 모르겠어."

인서가 들었으면 속 시원한 뭔가를 말했을 텐데 나는 말을 찾지 못했다. 나도 정다온과 똑같이 생각했기 때문에.

잘해 주는 게 뭐가 나쁜가. 상대에게 기대를 품게 하기 때문에? 그래 놓고 거절할 거니까? 그래도 불친절하게 구는 것보다는 낫지 않나.

"친한 애들도 가끔 뭐라고 해. 친한데 친하지 않은 거 같다고."

친한 애와 친하지 않은 애가 동시에 부탁을 하면 정다온은 어느 쪽 부탁을 들어줘야 할지 모르겠다고 했다. 갈등이 있을 때도 마찬가지였다. 보통은 친한 애 편을 들겠지만 정다온은 그렇게 되지가 않는다고 했다.

"나는 모든 사람과 적당히 친했으면 좋겠어. 누구랑 더 가깝고 누구랑은 멀고, 이런 게 어려워. 솔직히 말하면 여기 이러고 혼자 있는 게 편하기도 하다. 이상하지?"

"안 이상한데."

어떤 면에서는 모두에게 친절하게 구는 정다온보다 지금 이렇게 혼자 있는 정다온이 더 자연스럽게 느껴졌다.

정다온은 가만히 자기 손톱을 들여다보다 불쑥 새로운 이야기를 꺼냈다.

"'여우와 신 포도' 이야기 알지?"

이솝 우화 얘기였다. 탐스러운 포도를 발견한 여우가 아무리 뛰어도 포도에 닿지 않자 저 포도는 시디실 거라고, 안 먹어도 뻔하다고 결론짓는 이야기.

"나는 내가 그 신 포도 같아. 되게 달고 좋아 보이지만 스스로는 알지, 그렇지 않다는 걸. 그래서 여우가 나를 먹고 내가 하나도 달콤하지 않은 신 포도라는 걸 밝혀낼까 봐 무서워하고 있어. 달콤한 척하는 걸 멈추진 않지. 좋게 봐 줬으면 하니까. 동시에 아무도 가까이 오지 않기를 바라. 내 속이 털릴까 봐."

정다온은 웃긴 소리를 했다며 말을 얼버무리려고 했지만 내겐 웃기지 않았다. 어떤 이야기의 곁가지에 꽂힌 건 나도 마찬가지였으니까.

"지미니 크리켓이라고, 알아?"

갑작스레 목이 메어서 기침을 하고 물을 마셨다. 정다온은 내 분주한 행동이 끝나기를 기다렸다가 "아니, 몰라" 하고 말했다.

"피노키오는 알겠지. 피노키오를 따라다니는 작은 귀뚜라미가 있어. 그 귀뚜라미 이름이 지미니 크리켓인데, 걔는 사실 피노키오의 양심이야. 내 별명이 그거였어."

그런데 나는 양심처럼 행동하지 못했고, 말하지 못했고, 그렇지만 앞으로는 말할 거고, 그래서 네게 수학 프린트를 가져다준 거라고 정다온에게 말했다. 얼마나 어이없는 소리인가. 신 포도 얘기는 이거에 비하면 무난한 거였다.

"그럼 네가 귀뚜라미라는 거야?"

정다온은 웃었다.

"나를 그렇게 불렀던 사람이……."

차마 말이 나오지 않았다. 정다온은 눈치가 빨랐다.

"그럼 자기는 피노키오라는 거네, 널 그렇게 부른 사람."

정다온의 말투에 미묘한 감정이 섞였다. 그리움 혹은 죄책감. 우리는 여기에 있는데, 여기에 있을 수 없는 사람. 갑작스레 깨달았다. 지호는 여기로 돌아올 수 없을 것이다. 그 사실이 가슴을 눌러 숨 막히게 했다.

다온은 잠깐 침묵했다가 말했다.

"알겠어. 양심."

그게 뭐냐고 웃으려 했는데 웃음이 안 나왔다.

"그래도 너무 애쓰지는 마. 난 피노키오는 아니잖아."

다온이 말을 덧붙였다. 나는 보이지도 않는 놀이터 쪽으로 시선을 돌렸다. 내일도 프린트를 챙기겠다고 생각하면서.

애쓴 것은 아니었다. 기꺼운 일이었다. 외면하지 않았다는 사실은 작은 만족감을 주었다. 다온에게 프린트를 가져다주기 시작하면서 악몽을 꾸는 일도 줄었다.

박서영을 비롯한 한재희의 친구들이 한 번씩 나에게 뭐라고 했지만 한 귀로 듣고 한 귀로 흘려보냈다. 그 또한 내가 맞게 행동하고 있음을 입증하는 것 같았다.

일주일 내내 그렇게 행동하자 드디어 한재희가 나섰다. 수학 수업이 끝나고 프린트를 챙겨 나가던 나를 한재희가 복도에서 막아섰다. 한재희는 내 손에 들린 수학 프린트를 가리키며 물었다.

"왜 그거 가지고 가는 거야? 정다온이 부탁했어? 너한테?"

너한테,에 방점이 찍혔다.

"아니. 정다온은 그럴 필요 없다고 하는데, 내가 갖다주는 거야."

"왜?"

나는 대답할 필요를 느끼지 못했다. 한재희의 옆으로 지나가려는데, 한재희가 한 걸음 움직여 내 길을 막았다. 틱, 버튼이 눌린 기분, 전투력이 높아지고 머리에 열이 올랐다.

"정다온은 나한테 사과하지도 않았어."

한재희가 말했다.

"뭐에 대해서 사과해야 하는데?"

"사람 우습게 만든 점."

우스워지고 말고는 자기가 결정하는 거다. 한재희가 스스로 우스워지기로 선택한 거지 그게 정다온을 탓할 이유는 될 수 없다.

"알겠어."

"알겠지?"

한재희의 얼굴에 안도감이 어렸다.

"네가 무슨 말을 하는지 알겠는데, 네 심정도 알겠는데, 그게 내 행동을 바꿀 이유는 되지 않아."

"지금 말장난해?"

한재희가 날선 목소리로 물었다.

"정다온이 그만큼의 잘못을 했다고도 생각 안 해. 내가 초록색이 너무 싫다고 초록색 옷을 입은 사람에게 사과하라고 하진 않지. 내 눈 앞에 나타나지 말라고 하지도 않고. 싫어도 속으로 싫은 걸 참고 말지."

"정다온은 나한테 실질적인 피해를 줬어."

"그건 네 관점이지. 네가 이렇게 다른 사람 들먹이면서 내 행동 통제하려고 하는 거, 되게 싫거든? 네 말대로라면 넌 나한테 실질적인 피해를 준 거야. 그래도 나는 너한테 사과하라고 하지는 않을 거야. 내 기분 내가 책임질 거라고. 이제 너도 알아듣겠지."

숨이 차고, 헉헉대고, 목소리가 너무 커졌다. 격앙된, 내가 싫어하는 내 모습이 나왔다. 말을 마치자마자 후회했다. 말의 내용 때문이 아니라 그런 식으로 말했다는 것에 대해.

"신지호하고는 연락하니?"

갑자기 한재희가 물었다. 나는 아니라고 말했지만 한재희는 믿지 않는 눈치였다.

"정다온은 알아? 네가 신지호 친구라는 거?"

한재희는 그 말을 무슨 협박처럼 했다. 나는 한재희를 똑바로 쳐다보고 대답했다.

"알아."

한재희의 뺨이 미세하게 떨렸다.

한 방 먹인 기분이었다. 너는 그렇게 생각했구나. 정다온이 지호를 꺼릴 거라고 생각한 거야. 그런데 아니야. 정다온은 지호가 이유 없이 욕먹는 걸 막으려 했다고. 통쾌했다. 모두에게 외치고 싶은 기분이었다. 보이는 게 다가 아니라고, 모르고 있는 건 너희라고.

"저기, 가 봤어? 아파트 위에."

학원 앞 건널목에서 다온이 물었다. 자습실로 가려던 참에 우연히 마주쳤다. 다온은 길 건너 편의점 앞에 서 있는 학원 아이들의 시선을 의식해서인지 내 쪽은 보지 않았다. 나는 일부러 다온 쪽으로 몸을 돌렸다. 다온이 움찔하는 게 느껴졌다.

"저 아파트? 옛날에 놀이터는 가 봤는데. 왜?"

"이따 시간되면 저기 한번 와 볼래?"

산을 깎아 만든 단지여서 자습실이 있는 상가 뒤로 절벽 같은 옹벽이 있었고 그 위가 아파트였다. 옹벽 위쪽에 텃밭이 있다고, 자기는 거기 있을 거라고 다온이 말했다. 마침내 도로가 비었고 다온은 나보다 앞서 성큼성큼 걸어갔다.

자습실에서 영어 숙제를 한 뒤 수학 수업까지 시간이 좀 남았기에 아파트로 올라갔다. 텃밭의 위치를 찾느라 헤맸다. 주차장과 재활용 쓰레기장 옆을 지나는데, 기분이 급격히 나빠졌다. 떠오르는 게 있었다. 신문에서 읽은 것. '가해자 A는 근처 아파트 주차장과 공원 등지에 피해자 B를 불러내어……'

그만 돌아가려는데 주차장 옆, 우거진 나무들을 가르는 철망 울타리 뒤에서 다온이 불쑥 나타났다.

"이쪽이야. 잠깐, 문 열어 줄게."

다온은 철망 사이로 손을 뻗어 자물쇠를 열었다. 비밀번호를 눌러 여는 자물쇠였다.

철망 안, 무릎을 훨씬 넘는 웃자란 풀들 사이로 걸어 보지 않으면 알아차리지 못할 좁은 길이 있었다. 휘어지며 내려가는 길. 몇 걸음 걷지 않는데 철망 뒤 세상이 가려졌다. 대여섯 걸음 더 내려가자 밭이 나타났다.

"위에서 보면 전혀 모르겠지?"

다온은 자랑스럽다는 듯 말했다.

교실 정도 크기의 텃밭이었다. 사람의 손길로 다듬어지고 가꿔진, 먹을 수 있는 잎과 열매들이 햇빛을 받아 반짝거렸다. 상추, 가지, 토마토 정도는 알아보았다. 하얗고 노랗고 붉은 꽃들이 군데군데 화사하게 피어 있었다. 붉은 열매가 가득 열린 작은 나무도 있었다. 꼭 비밀의 화원에 들어온 것 같았다.

"이게 다 뭐야? 들어와도 되는 데야? 너 이 아파트 살아?"

"아니, 아는 애가 여기 사는데 걔네 할머니가 하시는 밭이래. 와 있어도 된다고 허락받았어. 볼 일 있으면 여기서 보자. 앞으론 여기 와 있을 거야."

다온이 말했다. 훨씬 편한 말투였다.

밭 한쪽에는 큰 나무 아래 초록 손수레 하나가 기대어 있었다. 그 옆으론 시멘트 벽돌 위에 플라스틱판을 얹어 만든 낮은 탁자와 제각기 다른 모양의 의자 네 개가 보였다. 다온이 먼저 의자에 앉았다. 나도 탁자 건너편 의자에 앉았다. 빨간색 플라스틱 간이 의자였다.

나무 그늘 아래는 시원했고 그늘 밖 텃밭은 더없이 밝고 아늑해 보였다. 밭을 가꿔 본 적도, 마당 있는 집에 살아 본 적도 없었지만 어딘지 모르게 자연스럽고 익숙한 느낌이었다.

"저건 내가 만들고 있는 거."

다온은 과장된 몸짓으로 내 뒤쪽을 가리켰다. 손수레 뒤에 초등학생이 방학 숙제로 만들다 만 종이 로봇 같은 게 있었다. 종이 박스에 페트병, 우유갑을 쌓아 만든 것으로 의자보다 조금 컸다.

"이게 뭐야?"

"초등학교 땐 재활용품으로 뭐 만들라고 그러잖아. 재료를 얻으려고 음료수는 버리고 페트병만 챙긴 적 없어? 그런 걸 크게 만들어 보고 싶어서. 토템 같은 거 있잖아."

"토템?"

다온은 북미 서부의 토템 폴을 검색해 보여 주었다. 만화 캐릭터처럼 단순하게 디자인된 독수리, 곰, 메기 같은 나무 조각품들을 위로 높게 쌓은 모양이었다. 아예 커다란 나무 기둥에다 바로 조각하기도 한다고 했다.

"이게, 어떤 동물을 어떤 식으로 쌓느냐에 따라 의미가 달라진대. 어디서 읽었는데 족장의 불명예를 기념하려고 만들어 세운 토템 폴도 있대. 불명예를 기념한다니까 웃기네. 기록이라고 해야 하나? 어쨌든 지금 우리가 보면 그게 무슨 뜻인지 모르잖아? 그런 게 재밌어."

"여기서 이거 만들고 있는 거야? 수업 안 나오고?"

"공부도 해. 여기서 하면 은근 잘 된다. 뭐, 저기서 다른 애들은 열심히 공부하고 있겠구나 생각하면 여기서도 하게 되더라고."

학원 얘기였다. 이 밭은 학원 4층과 높이가 비슷했다. 밭 끝 쪽은 벽돌담과 철망 울타리로 막혀 있었고 그 너머는 도로였다. 철망에는 잎이 넓은 덩굴이 빽빽하게 자라고 있어 가까이 가서야 잎 사이로 길 건너편 학원이 보였다.

"여기 있으면 다른 사람들이 날 어떻게 보나 신경 안 써도 돼."

다온이 말했다. 욕망하는, 비교하는, 실망하는 시선에서 벗어날 수 있는 장소. 벽과 잎과 자물쇠로 보호되고 있는 곳.

나는 자리로 돌아와 그 토템을 다시 관찰했다. 가장 아랫부분은 스티로폼이었고 그 위는 택배 상자를 아코디언처럼 접은 것, 그 위는 초록색과 투명한 페트병들을 이어 붙인 것이었다.

"그럼 이건 무슨 의미인데?"

"글쎄, 이건…… 어? 왔네?"

다온이 내 등 뒤를 보며 반가운 얼굴을 했다.

"밭주인 왔다. 아니, 밭주인 가족."

돌아보았다. 눈에 와 박히는 얼굴, 콱, 막히는 숨.

"안녕."

그 애가 인사를 했다.

내가 뭘 보고 있는 거지.

이렇게 가까운 곳에. 이렇게 뜬금없이, 숨을 데도, 도망칠 곳도 없는 곳에서.

"어…… 이쪽은 우리하라고 하는데, 우리랑 동갑이고, 이쪽은 나랑 학원 같이 다니는 이지민."

다온이 어설프게 나와 그 애의 눈치를 살폈다. 그 애의 얼굴이 살짝 굳은 게 눈에 들어왔다.

할 수 있었다면 양손으로 내 뺨을 후려쳤을 것이다. 정신 차리기 위해, 이게 꿈이 아니란 걸 확인하기 위해.

"안녕."

나는 인사를 건넸다. 어색해하지 마, 티 내지 마, 속으론 미친 듯이 되뇌었다.

그 애는 차가운 주스와 컵을 들고 왔다. 하얀 들꽃 무늬가 찍힌 빈티지 플라스틱 컵에 주황색 주스를 담아 내게 건넸다.

이건 꿈이겠지. 되게 이상한 꿈. 정다온과, 그 애와, 작고 낮은 플라스틱 탁자를 앞에 두고 주스를 마시고 있다. 컵은 너무 얇아서 세게 쥐면 부서질 것 같았다.

내 착각일 수도 있다. 그 애는 이사 갔다고 들었다. 더 이상 이 동네에 살 수 없어 이사를 갔다고. 더 심한 소문도 있었다. 사건은 종결되었지만 끝내 극복하지 못하고 스스로, 자기 목숨을.

모자를 써서 얼굴이 잘 안 보였다. 저런 얼굴이었나? 이름을 잘못 들었던 거 아닐까? 다온이 뭐라고 했지? 비슷한 이름일 수도 있잖아.

그러나 맞았다.

우리하. 지호가 가해자였던 그 사건에서, 피해자였던 그 아이.

언덕 위의 세계
밖의
텃밭 안의 세계

삼십 분은 길었다. 나는 시간 확인조차 못 했고, 다온이 대신 수학 수업이 시작할 때라고 알려 주었다. 주문에서 풀려난 것처럼 당장 그 자리를 떠나려 했는데 그 아이가, 우리하가 내게 말을 걸었다.

"여기 비밀번호 들었어?"

차분한 목소리였다.

나는 아니라고, 더듬으며 대답했다. 우리하는 네 자리 숫자를 말했다.

"들어올 때나 나갈 때 자물쇠를 꼭 잠가야 해. 사람들 눈 피해서 들어오면 더 좋고. 여기서 밭 하는 걸 못마땅해 하는 사람들이 있거든."

왜 그런 말을 한 건지 알 수 없었다. 내가 그 텃밭에 또 올 거라고 생각했나? 도대체 왜, 정다온이 나에 대해 뭐라고 설명했기에?

정다온은 어떻게 그럴 수 있지? 지호의 친구이면서 동시에 얘랑 가까이 지낼 수가 있나? 저 애는 어떻게 지호의 친구인 정다온을, 그리고 나를 저렇게 아무렇지 않게 대할 수 있지?

다온이 텃밭 입구까지 따라 나왔다. 목소리가 들리지 않을 거라 확신할 수 있을 정도로 멀어졌을 때 말했다.

"쟤는 개잖아. 개 맞지?"

"어, 맞아. 너도 아는구나 그 사건. 하긴 이 동네에 모르는 사람이 있겠냐."

다온은 얼굴을 찌푸렸다.

"그 사건 때문에 우리하는 지금 학교 안 다녀. 중학교 졸업하는 것도 겨우 버티고 했대. 그 인간 같지도 않은 것들 때문에. 한 사람 인생 망쳐 놓고서, 전학 가면 끝나는 거야? 똑같이 당하게 해 줘야 한다고."

물어뜯듯 하는 말을 들으며 깨달았다. 정다온은 지호의 친구가 아니었다. 뭔가 잘못되었다.

"괜찮아, 너는. 우리하한테 이야기해 뒀어. 리하도 선배랑 아는 사이였거든."

다온은 나를 안심시키려는 듯 말했다.

"뭐?"

머리가 어지러웠다. 선배라니?

"언덕 밑에 꽃 두는 거, 리하야. 나도 안 지 얼마 안 됐어. 아침 일찍 나갔다가 리하가 꽃 가져오는 거 직접 보고서야 알았지. 선배를 추모하려고 두는 거래. 리하는 티 내기 싫어했는데, 내가 꼬치꼬치 물어서 알아냈어. 선배가 리하를 도와준 적이 있대, 되게 도움이 필요했을 때. 너

59

도 알지? 선배도 그런 거 그냥 지나치는 사람이 아니었잖아……."

선배. 꽃. 언덕. 다온은 언덕에서 보드 타다 사고 당한 고등학생 애기를 하고 있었다.

"음, 그리고 당연히 알아서 하겠지만, 다른 애들에게는 비밀이야. 리하가 여기 산다는 것도. 괜히 소문나서 좋을 거 없잖아."

어디서부터 어긋난 건가. 그 편의점에서부터였다. 그 애들은 '신지호가 위험하게 보드를 타라고 강요한 바람에, 그 사람이 죽었다'라고 말했다. 나는 지호가 그런 일은 하지 않았다고 반박했다.

그러나 정다온이 초점을 맞춘 건 그 죽은 사람이었다. 그 사람이 그런 일을 당한 건 아니라고 지적하려 했던 것이다.

나는 전혀 모르는 어떤 사람, '선배'라는 사람을 위해.

다온은 내 얼굴을 살피더니 한풀 꺾인 태도로 말했다.

"리하는 텃밭 말고 다른 데는 안 나간대. 사람도 안 만나고. 나 말고도 또 누가 들르면 좋을 거 같아서……. 너도 선배랑 특별한 관계였으니까, 그게 우리의 공통점이니까 괜찮을 줄 알았어. 리하가 부탁한 것도 아닌데 내가 오버했네. 안 가도 돼, 불편하면."

불편? 불편하면?

"야, 당연히 불편하지. 모르는 애니까. 그거 때문이 아니라고."

내 말은 내가 들어도 진짜 같지 않았다.

'가해자'인 지호만큼이나 '피해자'인 우리하에 대해서도 많은 소문이 떠돌았다. 소름 돋아 하면서, 재미있어 하면서 하는 말들. 남 일이라서, 실감이 나지 않아 쉽게 말할 수 있는 것들.

60

'그런 일 보면 다 그럴 만한 이유가 있더라.'

'걔도 정상은 아니었대.'

나는 소문 속에 묘사된 지호에 대해서만 분노했었다. 또 다른 등장인물인 우리하에 대해서는 깊게 생각하지 않았다.

은연중에 나도 그 애가 그런 애이기를 바랐던 것이다. 문제가 있는 애, 화를 스스로 불러들이는 애. 그래야 지호에게 한 톨의 정당성이라도 부여될 것 같았으니까.

이제 우리하가 내 얼굴을 똑바로 보고 묻고 있는 것 같았다.

너는, 나를, 어떻게 생각하느냐고.

머릿속이 하얘졌다. 판단을 내릴 근거들은 긁어모을 수 없도록 산산이 흩어져 있었다.

지호, 다온, 우리하, 다온과 우리하의 '선배', 그리고 나. 사람 사이에 이어진 선은 눈으로 보이지 않는다. 얼마나 질기고 거칠고 혹은 연약한지, 얼마나 강하게 당기고 있는지 겉으로는 알 수가 없다. 다만 얽히고 조여, 살갗을 파고드는 아픔만은 생생했다.

판단을 내리지 못한 상황에서 다음 날이 왔고 나는 텃밭으로 갔다.

텃밭에 가까워질수록 온몸을 발길질 당하는 기분이 들었다. 그래도 가야 했다.

자물쇠를 풀고, 문을 열고, 닫고, 자물쇠를 다시 잠그고, 풀 사이로 숨은 좁은 길을 걸어 내려갔다. 밭은 그 밭이 누구의 것인지 몰랐을 때와는 아주 달라 보였다. 키 큰 나무들은 감옥의 벽 같았고 잎들의 반짝임은 독을 바른 것 같았다.

그 한가운데 쪼그리고 앉아 있는 사람. 하얀색 벙거지 모자, 검은색 반팔 셔츠, 주머니가 많이 달린 회색 바지, 두꺼운 장갑과 여름용 팔 토시를 낀,

우리하.

우리하를 보자 가슴이 죄어들었다.

"이지민, 왔어?"

토템 앞에 앉아 있던 다온이 나를 보며 인사했다. 우리하는 고개를 들어 나를 보았고 보일 듯 말 듯 살짝 머리를 흔들었다.

잘 왔다는 뜻인지 왜 왔냐는 뜻인지 알 수 없었다. 그러나 탁자 위에는 내 몫의 간식이 있었다. 우리하의 할머니가 만들었다는 감자샐러드 샌드위치였다.

"너 오면 같이 먹으려고 기다렸지. 오, 맛있다. 할머니 솜씨 좋으시다."

다온은 한 톤 높여 음식을 칭찬했다. 사실 꽤 짰다. 나는 그저 내 몫의 음식을 씹고 삼키곤 맛있다고 중얼거렸다.

"할머니는 오늘도 물 주고 가셨고?"

다온이 묻자 우리하는 고개만 끄덕였다. 다온도 우리하네 할머니는 본 적이 없다고 했다. 아침 일찍 물을 주고 들어가시면 나머지 일들, 잡초를 뽑거나 열매와 뿌리와 잎을 수확하는 일은 우리하의 몫이었다. 우리하가 잡초를 뽑고 다온이 그 토템을 만지작거리는 동안 나는 눈에도 들어오지 않는 문제집을 풀고 단어를 외웠다.

62

밭 한구석의 우리하를 의식하면서.

내가 몰랐다면, 선입견을 전혀 갖지 않았다면 우리하가 어떤 애로 보였을까.

'피해자'처럼은 보이지 않았다. 그렇지만 피해자처럼 보이는 건 뭔데? 주눅 들어 있고, 눈치 보고, 겁에 질려 있고 그런 거? 그건 겉모습에 대한 추측일 뿐이다.

"같이 있어 보니까 괜찮지?"

그런 거나 묻는 다온은 지나치게 태평해 보였다. 우리하가 집에서 뭘 가져온다며 밭을 떠난 사이였다.

"나도 고민해 봤는데, 아무 일 없었던 것처럼 대하는 게 최선인 거 같아. 리하도 티 내고 싶지 않을 테니까. 아예 모르는 것처럼 지내고 싶어. 선배가 내 상황이었으면 그렇게 했을 거야."

선배. 착각의 시작.

다온은 그 선배 이야기를 했다. 1학년 때 학생회에 들어가서 알게 된 사이였고, 모두에게 진짜 좋은 사람이었다고. 신뢰할 수 있는 사람, 모두를 이해해 주는 사람 그러면서도 당당한 사람. 다온 식 표현이라면, 겉모습도 달아 보이고 속도 정말 달콤한 포도.

"선배가 피노키오를 좋아했을 줄은 몰랐어. 좀 안 어울려."

다온은 웃었다. 그러더니 입가를 쓰다듬었다. 낮아진 목소리로, 다온이 중얼거렸다.

"선배 얘기를 이렇게 웃으며 하게 될 줄은 몰랐는데."

말한다면 지금이었다. 나는 그 선배를 알지 못하고, 그러니 우리하는 나를 안전하게 여길 이유가 없다고 말해야 했다.

그걸 말하려면 처음부터 시작해야 했다.

착각의 이유. 애초에 편의점에서 들려온 그 대화에 내가 끼어든 이유.

다온이 그 선배를 생각하듯 내가 떠올리고 보호하려고 했던 한 사람에 대해.

말할 수 있나?

다온이 우리하가 당한 일을 묘사할 때 드러냈던 감정이 떠올랐다. 인간 같지도 않은, 한 사람 인생을 망쳐 놓고서, 그런 새끼들은 똑같이 당하게 해야 해. 그런 감정이 내게로 오는 것을, 내가 감당할 수 있을까?

내가 감당하지 못하겠다는 이유 때문이라면 말해야 할 것이다. 그렇지만 솔직한 게 과연 옳은 것일까?

만일 말한다면, 다온도 충격을 받을 것이다. 섣불리 행동했다며 스스로를 탓할지도 모른다. 게다가 다온에게 책임을 넘기는 꼴이 된다. 내가 왜 더 이상 텃밭에 오지 않는지 다온이 우리하에게 설명해야 할 테니까. 다온은 있는 그대로 말할까? 그렇다면 우리하의 트라우마를 건드리는 일이 된다. 숨긴다면? 어쨌거나 우리하는 상처받을 것이다. 자기 때문에 밭에 안 오는 것으로 받아들일지도 모른다.

말해야 하나, 하지 말아야 하나.

나는 내 양심의 소리를 들으려 했다. 마음속에서 들려오는 고요하고 작은 목소리를, 절대 무시하지 않고 듣고 따르려 했다. 그러나 아무것도 들리지 않았다. 내가 못 들은 걸까, 나의 양심이 아무 말도 없었던 걸까. 양심조차도 답을 모르는 것일까.

"이지민, 그래 이젠 뭐 좀 썼겠지. 조금 있으면 기말인데 기말엔 또 못 할 거 아냐. 주제는 정했어?"

사회 선생은 잊어버리지도 않고 질문을 던졌다. 주번이라 수행평가 건 은 걸 내러 교무실에 온 참이었다.

"아마도 양심일 거 같아요."

방심하고 있었기 때문에 있는 그대로 말했다.

"양심? 오 재밌는 거네."

남의 일이니까 재밌겠지. 지금 내게 이 문제는 재미 삼아 논리를 맞춰 가는 말장난이 아니었다. 실질적인 행동의 문제였다.

"양심도 모르면 어떻게 해요? 양심도 뭐가 선인지 모르면요."

"윤리적인 문제야? 그건 뭐, 자기 가치관에 맞춰서 선택해야지. 사실 정답이 없는 게 당연하거든. 그러니까 온갖 사람들이 그렇게 오랜 시간 떠들어 댄 거지."

"답이 없는데 왜 배워요?"

울컥해서 말했다.

"그러게 말이다. 답이 없다는 걸 알려고 배우는 거 아닐까?"

사회 선생은 도리어 내게 되물었다.

"답이 없으니까 매번 생각하고 고민해야 한다는 걸 알기 위해서 배우 는 거지. 사람의 일이란 게, 기계적으로 답이 나오는 게 아니니까."

"궤변 같아요."

"그럼 거기서 또 네 생각대로 풀어 가면 돼."

다시 질문으로 돌아가는 결론 없는 순환 논리였다. 나는 답을 원했다.

아무리 경직되고 단순하다 해도, 옳고 그름을 확실히 정해 주는 기준이 주어지길 바랐다. 그럼 한쪽 눈을 감고서, 거슬리는 것은 참고 모르는 척하며 따를 수 있었다.

책임을 피하고 싶다는 뜻밖에 안 되더라도 그랬다.

책임.

결국 내 발목을 붙잡은 것은 그 단어였다. 양심으로서의 책임. 내 양심은 아무것도 모르겠다는 듯 아무 말도 하지 않고 있지만, 피노키오의 양심이었던 지미니 크리켓, 나 자신은 그에 걸맞은 행동을 해야 했다. 그러니까, 나 자신을 위한 행동이 아니라 피노키오를 위한 행동을.

조금이라도 갚을 수 있다면, 지호의 과오를 덜어 낼 수 있다면. 다온의 말대로 내가 거기 있는 게 우리하에게 도움이 된다면. 그 생각이 저울을 미세하게 한쪽으로 기울게 만들었다.

그래서 나는, 말하지 않는 것을 택했다. 다온의 착각을 방치하고 다온과 우리하가 생각하는 내가 되기로 했다. '안전한' 사람인 것처럼 행동하기로 했다.

그제야 양심이 작게 말했다. 그건 회피 아닐까? 그 목소리는 너무나 작아서 충분히 무시할 수 있었다.

텃밭 앞에서 다온을 만났다. 다온은 비닐봉지며 상자 접은 걸 바리바리 들고서 자물쇠를 푸느라 끙끙대고 있었다. 서둘러 뛰어가 대신 문을 열었다. 짐도 하나 들어 주었다. 구겨진 페트병이 가득 든 비닐봉지였다.

"여기 재활용 쓰레기장에서 가져왔어. 경비 아저씨한테 허락도 받았지. 만들기 숙제해야 한다고 하니까 가져가라더라."

다온이 자랑하듯 말했다.

"만들기 숙제라니, 진짜 초등 숙제 같다."

나는 덩달아 밝게 말했다. 그렇게 하기로 결심하니 그렇게 할 수 있었다.

우리하가 밭에 있었다. 오늘도 모자를 눌러쓰고 있어서 표정은 안 보였다. 나는 우리하의 시선을 피해 자리를 잡았다.

다온은 가져온 것들을 이리저리 살피더니 비닐봉지를 얇게 꼬아 이어서 끈처럼 만들기 시작했다.

"테이프도 안 써 보려고. 재활용으로 나온 것만 가지고 만들어야 의미가 확실해질 거 같아."

"무슨 의미?"

"어? 그러니까, 재활용의 의미? 나도 잘 모르겠다. 처음엔 여기 밭에, 구석에 쓰레기가 있어서 그거 가지고 뭔가 해 보려던 거였어. 리하는 폭탄만 아니면 된다고 하더라. 근데 이런 데야말로 폭탄 제조하기 딱이지. 아니다, 이건 어때? 양귀비 같은 거 심어 보면? 대마초나? 우리하! 들었어? 텃밭에서 그런 거 몰래 키우는 사람들 있잖아."

우리하는 들은 척도 안 했다. 다온은 나무 막대기로 토템을 툭툭 건드리며 말했다.

"나도 아직 의미는 모르겠어. 더 만들어 봐야 알려나."

나는 탁자에 영어 단어장을 올려놓고, 다온이 송곳으로 토템의 이곳저곳에 구멍을 뚫고 거기에 비닐 끈을 엮어 더욱 단단하게 고정시키는 걸 지켜보았다.

아무렇지 않다고 속으로 주문을 걸었지만 점점 불편해졌다. 차라리 다온처럼 뭔가를 하는 게 나을 것 같았다.

"이건 이 정도로 하고."

다온이 손을 털고 일어났다.

"우리하! 뭐 도와줄 거 없어?"

다온의 말에 겨우 숨통이 트였다. 뭐라도, 잡초 뽑는 거라도 시켜 주었으면 했다.

"뭐 없는데. 여기 쌈 채소 좀 뜯어 가던지. 너무 많아서 처치 곤란이야. 이거 웃자라면 못 먹는 건데."

우리하는 탁자 아래에서 소쿠리를 두 개 꺼내 다온과 나에게 주었다. 다온과 나는 상추와 로메인, 깻잎, 양상추, 이름을 듣고도 잊어버린 푸른 잎들을 하나씩 따서 소쿠리에 담았다.

"아니, 그렇게 잎만 뜯지 말고 아예 밑동을 잘라."

우리하는 작은 칼로 상추 줄기 아래쪽을 능숙하게 잘라 내 소쿠리에 올려놓았다.

"그래도 되는 거야?"

다온은 의심스럽게 물었다.

"어차피 내버려 두면 못 먹게 돼. 할머니가 그랬는데, 아낄 생각 하지 말고 빨리 따서 먹으래. 시간이 지나면 썩어 버리고 맛도 없어지니까."

그렇게 말해도 헷갈렸다. 충분히 자란 건지? 먹어도 되는 건지? 그냥 둬야 하는 건 아닌지. 섣불리 손을 대서 밭을 망쳐 버릴까 봐 두려웠다.

방울토마토와 오이 앞에서도 나와 다온은 소극적으로 몇 개 따다 말았고, 우리하가 답답한지 한 줌씩 따고 뜯어 우리 소쿠리에 담았다.

"막 가져가. 앞집 주고 삼촌이 가져가고 하는 것도 하루 이틀이지. 썩는 게 더 많다."

소쿠리는 금방이라도 넘칠 듯 가득 채워졌다. 다온은 소쿠리를 뒤적거리며 말했다.

"난 솔직히 채소는 별로야. 이렇게 보면 맛있어 보이기도 하는데, 막상 먹으면 으, 별로."

"부모님은 좋아하시지 않아?"

"그러게. 나이를 먹으면 풀 같은 거 좋아하게 되나 보더라."

다온은 모르는 사람 얘기하듯 말했다.

나와 다온은 봉지 한가득 눌러 담은 쌈 채소를 한 뭉치씩 받았다. 부담스러웠다. 그 밭의 일부가, 우리하의 일부가 내 손에 들어온 것 같았다.

도저히 먹을 수 없을 것 같아서 미술 학원까지 가서 인서에게 주었다. 인서는 좋아했다. 인서네는 식구가 많고 인서네 엄마 아빠 모두 요리를 좋아해서 식재료라면 언제나 환영이라고 했다.

"근데 갑자기 웬 채소야? 엄마가 많이 사셨어?"

나는 인서에게 텃밭과 우리하에 대해서는 말하지 않았다. 인서는 짐작도 못 했을 것이다. 인서가 미술 학원으로 떠난 후부터 텃밭에 가기 시작했으니까.

다시 선택을 해야 했다. 인서에게 말해야 하나, 하지 말아야 하나. 말하지 않으면 인서를 배신하는 것이고 말하면 우리하를 배신하는 거였다. 나의 마음은 당연히 인서에게 기울어 있었지만.

"어쩌다 생겼어. 우리 집엔 먹을 사람이 없잖냐."

나를 향한 활시위에 화살을 얹는 심정으로, 나는 말을 얼버무렸다.

겉과
속의
차이

다온이 수학 수업을 나오지 않은 지 2주가 되었다. 다온은 수업을 나오지 않으면 부모님에게 연락하겠다는 경고를 받았다. 수학 선생이 나를 따로 불러 알려 주었다. 수학 선생은 내가 다온의 프린트를 챙긴다는 걸 알고 있었다.

"수업 안 들을 거면 아예 빼라고 해라. 이거 이젠 나한테 반항하는 건가 싶다. 다음 주에 기말 특강할 때는 빠지면 안 돼. 그땐 진짜 아웃이야. 부모님한테 연락할 수도 있어."

아직까지 다온의 부모님한테 연락은 안 한 건가? 보통은 하루만 빠져도 득달같이 엄마 아빠에게 문자를 보내 일러바치지 않나.

내가 수학의 말을 전하자 다온은 "어, 문자 왔더라" 하고 성의 없이 대꾸했다.

"부모님한테 연락할 수도 있다던데. 엄마 아빠는 아직 몰라?"

"모르겠지, 학원에서 연락 안 했으면. 근데 연락 못 할걸."

다온은 비아냥거리는 어조로 말했다.

"우리 엄마 아빠가 말이지, 보통 그런 사람들이 아니거든. 정다온이 수업 빠지고 있으니 혼 좀 내 줘라, 그랬다간 무슨 일 당할 줄 알고. 너네가 어떻게 했길래 애가 빠지냐, 학생 관리 제대로 안 하냐, 쥐 잡듯 난리 날걸. 그게 귀찮아서 얘기 안 하는 거야. 여기로 학원 옮길 때 옥상에 애들 담배 핀 흔적은 없는지, 자판기 위생 점검은 언제 받았는지까지 확인한 사람들이라고. 진상 증명이랄까."

"어, 너를 엄청 아끼시나 보네."

포장이라도 해 줘야 할 것 같아 말했다.

"아껴?"

다온은 픽 웃었다.

"뭐, 그렇게 생각할 수 있지. 나를 너무 아껴서 저러는구나, 나 잘되라고 이러는구나. 부모의 사랑은 이런 거구나."

정다온은 너무 많은 얘기를 하고 있었다. 경험상 저런 식으로 속을 토해 냈다간 나중에 지독히 후회하게 될 거다. 나는 말을 돌리려 했다. 차라리 한재희 얘기가 나을 것 같았다.

"한재희랑은 아직도 그런 거야?"

"모르지, 마주칠 일이 없었어."

"그럼 이제 다 끝났을 수도 있잖아."

"그럴까, 과연? 아, 신경 쓰여 못 살겠네. 저 피아노."

다온은 갑작스레 짜증을 내며 끈으로 엮고 있던 페트병들을 발밑에 집어던졌다.

텃밭에서 가끔씩 들리는 피아노 소리였다. 뭐가 문젠지 몰랐는데, 다온 말로는 같은 곡을 계속 치고 중간에 틀리면 다시 처음부터 시작한다고 했다.

"틀린 부분만 연습하지, 왜 꼭 처음부터 치는 거야. 신경 쓰이게. 안 그래?"

"잘못되면 처음부터 시작해야 할 것 같나 보지."

"나도 이거 새로 다시 하고 싶어. 망했어!"

다온은 토템을 발로 차는 시늉을 했다. 토템은 이제 다온의 가슴 높이까지 올라왔다. 종이 상자와 스티로폼으로 구성된 아래쪽은 꽤 건고해 보였고 페트병들로 이뤄진 중간은 여러 색깔들이 겹쳐 오묘한 느낌이었다. 벌레의 눈 같기도 했다. 위쪽은 비닐 포장지와 종이를 계속 겹겹이 붙여 풍선처럼 부풀고 있었다.

"괜찮은데."

진심으로 말한 건데 다온은 듣지 않았다. 다 부숴 버리는 게 낫겠다고, 재활용품과 시간과 자기의 수고를 낭비했다며 투덜댔다.

신 포도 얘기가 생각났다. 다온이 자기 자신과 나누는 대화를 들여다보는 느낌이 들었다. 다온은 자기 자신에게 저렇게 별로라고, 낭비라고 늘상 탓하고 있는 걸까. 그런 건 자기 자신밖에 모르겠지. 밖에서는 보이지도 않는다. 그럼 밖에서 보이는 게 전부인 것처럼 살아도 될 것 같은데, 인간은 그렇게 살지는 못한다.

"아이씨, 진짜 이거 다 부술까?"

"어어, 야, 좀 아깝잖아. 이게 다 만든 거야? 끝나서 없애는 거면 상관없지만."

내가 말하자 다온이 날 홱 돌아보았다.

"왜 끝나서 없애는 건 되고 중간에 없애는 건 안 되는데?"

"끝나면 뭐 더 할 것도 없으니까 상관없는 거고, 중간에 멈추면 찜찜하잖아."

"과정주의자구나, 너는. 난 달라. 결과가 중요하다고. 결과가 마음에 안 들면 과정이고 뭐고 다 쓸데없다고."

나와 다온이 말을 주고받는 내내 우리하는 밭이랑 사이에 쪼그리고 앉아 잡초를 뽑고 있었다. 우리 대화에는 별 관심을 보이지 않았다.

다온은 테이블 위에 놓인 오래된 라이터를 만지작거렸다.

"애들은 라이터 못 사게 하는 거, 담배 때문에 그러는 거 같지만 속은 다르다고 봐. 불에 대한 권한을 넘겨주지 않으려는 거야."

"위험하니까 그러지."

"어른이 쓰면 뭐 안 위험한가?"

다온은 연신 라이터를 켰다가 끄더니 탁자 위에 있던 종이에 불을 붙였다. 종이는 순식간에 검게 그을렸고 날름거리는 불꽃이 솟아났다.

"앗 뜨거!"

다온은 불붙은 종이를 놓쳤고 종이는 탁자 위에 떨어졌다. 나는 문제집으로 그 종이를 눌러 불을 껐다.

"뭐 해, 미쳤나!"

"어, 미안."

다온은 자기도 놀랐는지 빠르게 사과했다. 우리하가 자리에서 일어나 이쪽을 보곤 고개를 절레절레 저었다.

"정신없다, 오늘따라."

"아."

다온은 탁자에 엎드렸다. 우리하가 가져온 은박지에 싼 주먹밥이 다온의 팔에 밀려 떨어질 뻔한 걸 내가 겨우 잡았다. 주먹밥은 아직 따끈따끈했다.

"근데 그거 그렇게 다 뽑아야 해? 좀 남겨 두면 안 되나?"

다온은 엎드린 채 고개만 돌려 우리하 쪽을 보고 말했다. 우리하가 뽑고 있는 잡초 얘기였다. 우리하는 집요할 정도로 꼼꼼하게 잡초를 뽑았다. 아주 작은 풀잎 하나라도 남기지 않으려는 것 같았다.

이쪽 고랑의 잡초를 다 뽑으면 저쪽 고랑에 잡초가 났고, 우리하는 다시 처음부터 시작했다. 그렇게 반복이었다. 어차피 또 잡초는 자랄 건데 저렇게 매번 붙들고 있어야 할까 싶었다.

다온은 사막에선 잡초도 꽃이라는 둥, 잡초에도 이름이 있다는 둥 쓸데없는 말을 덧붙였다. 그래도 우리하가 아무 반응을 보이지 않자 무안했는지, 다온은 가시 돋친 말투로 말했다.

"뭐, 그런 것도 재미지. 흙일 하다 보면 마음이 편해진다 그러더라?"

"그래? 마음 편해 보여? 나는 지긋지긋한데."

우리하가 벌떡 일어나 장갑을 벗어 집어던졌다. 텃밭에 와서 본 우리하의 모습 가운데 가장 격렬한 행동이었다.

"재밌어 보이는구나? 여기서 흙 파고 뒤집고 하는 게?"

"야, 우리하, 지금 그런 얘기가 아니잖아."

다온은 우리하를 향해 어정쩡하게 팔을 뻗었다. 엉망으로 헝클어진 머리카락이 붕 떴다.

"정다온 너 딴 데서 받은 스트레스 여기서 푸나 본데, 내가 왜 들어 줘야 하냐? 왜 네 쓰레기통 해 줘야 하냐고."

우리하는 한 단어 한 단어 또박또박 발음했다.

얼어붙은 것 같은 긴장감이 텃밭을 채웠다. 다온은 팔을 축 늘어뜨리고 중얼거렸다.

"미안하다. 내가 지금 좀……. 아까, 또 선배 얘기하는 사람들을 봤어. 언덕 아래 횡단보도에서."

온몸에 힘이 들어갔다. 다온이 말하는 선배. 언덕에서 보드를 타다 사고를 당한, 우리보다 한 살 많은 사람. 내가 이 텃밭에 있게 된 원인이자 모든 사건의 시작.

"아무리 타라고 강요했어도 타지 말았어야 했다고, 어떤 아저씨가 자기 아들 같은 애한테 말하더라고. 너는 그런 멍청한 짓 하지 말라고. 죽은 애도, 멍청해서 그런 꼴 당한 거라고. 그렇게 헛소리하는 걸 그냥 듣고 지나쳤어. 또 아무 말 못 한 거야. 지난번에도, 이지민이 바로 잡은 거고 난 아무것도 못 했는데."

다온이 입술을 씹었다. 나는 밖으로 티가 나지 않도록 입 안쪽 살을 깨물었다. 그게 아닌데.

"선배는 자기가 하고 싶어서, 스스로 보드를 탄 거야. 누가 억지로 누르고 강요할 수 있는 사람 아니었다고. 그런 일 당할 만한 사람이 아니었……."

다온은 말을 하다 말고 멈추었다. 나도 흠칫 놀랐다. 다온의 말이 의미하는 건.

"그럼 나는 뭐, 당할 만해서 그런 거야?"

우리하가 물었다. 다온을 똑바로 바라보면서.

"야, 우리하, 그런 뜻으로 한 말이 아니라……."

다온은 변명거리를 생각해 내지 못했고, 우리하는 거듭 물었다.

"그 뜻이 아니면 무슨 뜻인데? 속마음이 나온 거네, 지금."

아무도 소리 내지 않는, 숨 막힐 것 같은 몇 초가 흘렀다. 어떻게 해도 이어 붙일 수 없는 긴 상처가, 아직도 생생한 아픔이 이곳에 있었다. 우리하가 입을 열었다.

"너 여기 있는 거 불편하다. 그만 나가 줬음 좋겠다. 아니, 나가."

우리하는 입구 쪽을 가리켰다.

다온은 말없이 짐을 챙겼고, 나나 우리하 쪽은 쳐다보지도 않고 밭을 떠났다.

나는 의자에 앉은 채 탁자 아래 벽돌만 뚫어지도록 바라보았다. 붉은 벽돌 하나에 오리 모양 판박이 스티커가 붙어 있었다.

다온은 어리광을 부렸다. 나는 그 정도는 받아 줄 수 있었다. 우리하도 그럴 줄 알았다. 우리하가 너무 평온해 보여서, 그 애가 겪은 일들을 잊고 있었던 거다.

어떤 말을 하고, 어떤 행동을 해야 하나 내 양심은 조용했다.

"그거 아직 안 먹었네?"

우리하가 탁자로 걸어오며 말했다. 탁자 위에 놓인 주먹밥을 말하고 있다는 걸 뒤늦게 깨달았다.

"아, 이제 먹으려고."

우리하도 탁자에 앉아 은박지를 폈다. 멸치와 김과 깨소금이 든 주먹밥이었다.

"이것도 마저 먹어. 정다온은 안 돌아올 거 같으니까."

우리하는 다온의 몫이었을 주먹밥을 내 쪽으로 밀었다.

"올지도 몰라. 와서 바로 사과하고 그럴걸. 걔는 사과 잘 해. 반성형 인간이지. 그것도 쉬운 게 아닌데……."

나는 긴장해서, 나오는 대로 지껄였다. 우리하는 고개를 들었다. 모자 챙 아래로 눈이 보였다.

"잘 아네. 친한가 보다."

"그렇진 않은데. 얘기하게 된 지도 얼마 안 됐어. 너도, 정다온이랑 친하잖아."

"내가?"

우리하는 웃었다.

"정다온하고 나는 너무 달라. 그때 꽃다발 두는 걸 안 봤으면 정다온 같은 애가 나한테 말 걸 일이나 있었겠어? 아니, 말은 걸었겠지. 친절하게 대해 줬겠지. 동정심이 많은 애잖아."

힐끗, 우리하가 나를 보았다. 내 반응을 살피는 것처럼.

"……동정심 같은 건 아닐 거야."

78

"너는? 너는 아니야? 정다온이 그렇게 말하고 데려왔을 거 아냐, 거기 불쌍한 애가 있으니까 가서 친구해 주자고."

"아니야!"

사실은 맞았다. 그렇지만 아니었다.

"정다온은, 여기로 도망치고 있는 거고, 걔는 자기 피난처가 필요한 거고, 그러니까, 네 덕을 보고 있는 거고."

"그래. 저거 만든다고 여기 오는 거랬지."

우리하는 토템을 바라보았다.

"여기 말고선 만들 데도 없다고 그러더라. 근데 그게 뭐? 여길 못 오게 되어도 정다온은 여기 빼고 아무 데나 다 갈 수 있잖아. 나는 여기뿐이야. 여기…… 이만큼밖에 없어."

우리하가 내게 속마음을 이야기했다. 삐익, 날카로운 경보음이 머릿속에 울려 퍼졌다. 나한테 왜? 내가 정말 안전하다고 생각해서? 아니야, 그러지 마. 제발.

우리하가 한 번 더 너는 왜 오냐고 물으면 뭐라고 대답하나. 정다온은 피난처라고 치고, 너는 왜 여기 오냐고 하면 나는.

그러나 우리하는 묻지 않았다.

주먹밥은 밥이 질어 간이 잘 섞이지 않았다. 한쪽은 싱겁고 한쪽은 짰다. 그래도 연신 맛있다고, 할머니가 요리를 잘하신다고 말했다. 그거 말고는 할 말도 없었다. 우리하는 보온병에서 차갑게 식힌 보리차를 따라 내 쪽으로 내밀었다.

학원으로 돌아가려고 텃밭을 나설 때, 우리하가 머뭇거리며 말했다.

"정다온한테 미안하다고 전해 줄 수 있어? 그렇게 내보낸 건 내가 잘못한 것 같다고."

"그래."

"그래도 그딴 식으로 굴지 말라고도 말해 줘. 아니, 아니야. 너한테 뭐 시키려는 건 아니고……."

우리하는 모자챙을 눌러 내렸다.

"너한테도 미안."

나는 고개를 끄덕였다가, 우리하가 나를 보지 않을 거라는 걸 알고 대답했다.

"그래."

괜찮다는 말 대신에 고른 대답이었다. 괜찮다는 말은 상관없다고 자르는 것처럼 들리기도 하니까. 그토록 예민하게 신경이 곤두선 채로 우리하를 대했다. 그 애가 나 때문에 손톱만큼의 상처라도 입지 않기를 바랐다.

나는 다온에게 우리하의 말을 전했다. 다온은 알겠다고만 했다.

혹시 다온이 텃밭에 오지 않을까 봐 걱정했는데, 다음 날 무거운 마음으로 텃밭에 도착했을 때 다온은 예전처럼 토템을 손보고 있었다. 긴장이 풀리자 황당하기까지 했다.

"우리 화해했어."

다온이 내게 말했다. 우리하는 이쪽을 보지도 않았다. 다온은 아이스크림을 사 왔다며, 탁자 위의 봉지를 가리켰다.

"뭘 이렇게 많이 샀어?"

봉지 안엔 열 개도 넘는 아이스크림이 들어 있었다. 다온은 내 말을 듣고는 화들짝 놀랐다.

"아, 맞다. 우리하, 너 이거 남은 거 집에 좀 가져다 놔야겠다."

우리하는 탁자로 와 비닐봉지 안을 들여다보곤 신경질을 냈다.

"뭘 이렇게 많이 샀어!"

"세일하길래, 할머니 좀 드리라고 넉넉하게 사 왔지. 가서 냉장고에 넣어 놔. 다 녹겠다."

우리하는 찌푸린 얼굴로 봉지를 챙겨 텃밭을 나갔다.

나는 우유 맛 아이스바를 먹으면서 다온이 토템 아래쪽을 손질하는 걸 관찰했다.

"이것 좀 잡아 줄 수 있어?"

다온이 내게 부탁했다. 나는 다온 옆에 무릎을 꿇고 앉아 페트병 부분을 잡았다. 다온은 비닐 끈으로 페트병 사이사이에 뚫은 구멍을 엮었다. 훨씬 단단해졌다.

"안 때려 부수기로 했어?"

"어. 지금까지 한 게 아깝기도 하고 약간 테마를 알 것도 같아서."

"뭔데?"

"이건, 나야."

다온이 진지하게 대답해서 웃으려다 말았다. 나라니, 자신이라니. 이 플라스틱과 종이와 비닐이 정다온이라니. 그러나 희한하게 동감이 되었다. 나도 만일 나를 만들어 보라고 한다면, 좋고 깨끗한 재료는 쓰지 못

할 것이다. 알록달록 고운 색종이 대신 구겨진 신문지를, 구멍 난 천과 쓰다 버린 몽당연필을 택할 것이다.

"아까 우리하한테도 말했어, 나를 만드는 거라고. 딱이라고 하더라."

다온은 나를 올려다보며 말했다.

"강한 애야. 나보다 훨씬 더."

우리하가 그렇게 강한 것인지, 아니면 다온이 약한 것인지. 강하고 약하다는 건 어떻게 알 수 있는 건지. 맴도는 질문을 삼켰다. 다온이 그렇게 생각한다면 그렇다고 동의하고 싶었다. 사실은 나도 그 애가 그렇게 강한 아이이길 바랐다. 그래야 지호가 남긴 상처들이 상대적으로 얕게 느껴질 테니까.

바라는 게 생겼다. 바란다는 것은 기대하는 것. 연결 고리가, 이어진 실이 생긴다는 것. 그 순간에는 의식하지 못했다.

지키고
싶은 것

"내가 맨날 일찍 가서 심심했지? 오늘은 미술 안 간다! 수학도 안 하고! 저녁 뭐 먹을까? 오랜만에 내려가서 라볶이 먹을까? 미술 쪽엔 더 먹을 데 없어. 여기가 낫다니까. 심하지?"

인서가 신이 나서 말했다. 나는 제대로 대답을 못 했다.

"어? 아, 내가 갈 데가 있는데……."

아차 싶었다. 인서와 저녁을 같이 먹는 건 거의 한 달 만이었는데 반가워하기는커녕 미적지근한 대답을 해 버렸다. 밭에 가는 걸 당연한 일정처럼 생각하고 있었던 거다.

"왜, 어디 가는데?"

"아니, 아니야. 잠깐 운동이나 하려고 했어."

인서와 같이 언덕 아래 분식점에 갔다. 우리는 예전처럼 웃고 떠들고 밥을 먹었다. 정다온 이야기도 좀 했다. 수학 수업과 프린트 얘기는 인서도 진작부터 알고 있었다.

"그래서 요즘은 어디로 갖다 주는데? 도서관?"

"어, 좀 왔다 갔다 해."

솔직해질 수 없어서 답답했다. 그래서 윤곽도 없는 말을 꺼냈다.

"내가, 너한테 말 못 하고 있는 게 있어."

"뭔데?"

"근데 말하면 안 될 거 같아. 이게 내 얘기가 아니라…… 다른 사람 얘기라서."

"음, 뒷담은 안 좋지. 궁금하긴 하네. 나중에 뭐, 얘기할 상황이 되면 말해 주고, 아니면 말고."

인서는 대수롭지 않게 말했다. 아주 약간은 마음이 편해졌다.

인서가 언덕 위까지 같이 와 줬고, 바로 수업에 들어갔다. 결국 텃밭엔 가지 못했다. 오늘이 금요일이니까 이제 월요일에나 갈 수 있는데.

나는 시트지를 붙여 놓아 밖이 보이지도 않는 학원 창문 쪽을 보며 그 창문 너머에 있을 밭과 우리하를 생각했다.

혹시 나를 기다렸을까? 왜 안 오는지 궁금해했을까? 아주 조금이라도, 살짝 스쳐 가는 생각이라도. 오늘 이지민은 왜 안 오냐고, 다온에게 한번 물어보기라도 했을까.

다온은 밭에 갔을 텐데도 나는 자꾸 우리하가 텃밭에 혼자 있는 모습이 떠올랐다. 혼자 잡초를 뽑고, 간식을 먹고, 천천히 밭고랑 사이를 걸어, 풀이 난 길을 지나, 자물쇠를 풀고, 문을 열고, 나와서 다시 자물쇠를 잠그고, 그리고 집으로.

저 불 켜진 아파트 창들 가운데 어디가 우리하의 집일까.

할머니 말고 또 누가 있을까. 소문 속의 우리하는 할머니와 둘이 산다고 했다. 나도 엄마와 둘이 사니까 둘만 사는 것이 뭐가 이상한지 모르겠는데, 어떤 애들은 그것도 이상하다고들 했다.

이상한 거. 정상이 아닌 거.

내가 본 우리하는…… 아니다. 내가 보는 건 하루 고작 삼십 분. 길어야 한 시간. 그걸로 뭘 봤다고 할 수나 있나.

내가 볼 수 없는 그 긴 시간 동안, 우리하는 뭘 하면서 보낼까. 매일 밥은 잘 먹을까. 게임을 하거나 웹툰을 보거나 하면서 시간을 때울까. 검정고시는 언제쯤 볼 계획일까.

궁금한 것들은 꼬리에 꼬리를 물고 늘어났다. 집중하려 했지만 문제집 속 그 수많은 물음표와 질문들은 그런 궁금증에 비하면 텅 비어 보였다. 말로만 꼬아서 만들어 낸, 문제를 위한 문제일 뿐. 진짜 세상은 여기 없었다.

일요일 아침, 학원 자습실에는 우리 학교보다 일찍 중간고사를 시작하는 애들이 몇 명 와 있었다.

점심을 먹으러 편의점에 들렀다가 자연스레 텃밭으로 갔다. 오기 전에는 우리하네 할머니와 마주치면 어쩌나 걱정했었다. 누구냐고 하면 뭐라고 하지? 채소 도둑 같은 걸로 오해받으면? 그게 아니라, 우리하의 친구라고 말해야 하나?

친구라고.

감히, 그렇게 말해도 되나?

걱정이 무색하게 텃밭에는 아무도 없었다. 대신 못 보던 게 생겼다. 정사각형의 작은 비닐하우스였다. 안에는 작은 모종들이 심겨져 있었다. 우리하가 여름 채소를 심을 거라고 했던 게 기억났다. 모종의 잎은 아주 작고 섬세했다.

늘 앉는 빨간 플라스틱 의자에 앉았다. 햇볕에 데워져 뜨거웠다. 뜨거움이 온몸으로 퍼져 나갔다.

낮의 텃밭은 더욱 조용하고 그 자체로 완전해 보였다. 황금 금잔화와 붉은 접시꽃, 백일홍. 하얀 고추꽃과 이름을 모르는 꽃들. 언덕 아래 바쳐진 꽃다발과 같은 종류였다. 비가 와서 그런지 풀 냄새가 짙었다. 탁자 위로는 거미가 기어가고 날벌레가 날아다녔다.

벌레가 움직이는 것을 이렇게 자세히 본 적이 있었나. 갑자기 움직이고, 또 갑자기 멈춘다. 나에게는 들리지 않는 무슨 리듬에 맞춰서 움직이는 것처럼.

별로 무섭거나 소름끼치지 않았다. 새로운 발견이었다. 학교나 학원에서는 나방 한 마리, 거미 한 마리에 다른 애들처럼 소리치고 도망가고 그랬는데, 여기서는 바라볼 수 있었다.

나는 벌레를 싫어하지 않는다.

신기한 일이었다. 그걸 왜 몰랐지? 당연히 싫어하는 줄 알고 있었다.

당연한 것은 없다. 내가 알고 있다고 생각한 많은 것들이 그렇다.

"어?"

우리하가 텃밭으로 내려오다 멈춰 섰다. 놀란 것은 나도 마찬가지였다. 해서는 안 되는 일을 하다가 들킨 것처럼 얼굴이 달아올랐다.

"아무것도 안 가지고 왔는데. 뭐 좀 가지고 올걸."

우리하는 당장이라도 도로 올라갈 것처럼 안절부절못하며 말했다. 당황한 이유가, 먹을 걸 가져오지 않아서라니.

"아니야, 나 초코바 있는데."

방금 편의점에서 산 초코바 두 개를 탁자 위에 올려놓았다.

우리하는 머뭇머뭇 서 있더니 자리를 잡고 잡초를 뽑기 시작했다. 이미 하도 파헤치고 골라내서 풀 하나 없는 땅이었다. 혼자 앉아 있기 머쓱해서 뭐 할 일이 없느냐고 물었다. 우리하는 나한테 뭘 시키고 싶지 않았던 거 같았다. 눈동자가 방황하더니, 보리수나무 열매를 따 보겠느냐고 물었다. 빨갛게 익은 열매가 처음부터 눈길을 끌었던 나무였다.

나무는 내 키보다 조금 큰 정도였다. 우리하가 대나무 소쿠리와 토시를 줬지만 토시까지는 하기 좀 그래서 그냥 땄다.

보리수 열매는 붉었고, 엄지손가락 한 마디 정도 되는 타원형이었다. 누르면 팍 터질 것처럼 껍질이 얇게 느껴졌다.

처음엔 그렇게 많아 보이지 않는데 잎사귀 뒤에 숨은 열매가 계속해서 나왔다.

"삼 년 됐어. 그 나무. 작년엔 열매랄 것도 얼마 없더니 올해는 많이 열렸네."

우리하가 멀찍이서 말을 걸었다.

"이거 먹어도 되는 거야?"

"어, 그럼. 잼도 만드는데."

나는 열매를 하나 집어 입에 넣었다. 우리하가 억, 하고 이상한 소리를 냈다.

"왜? 먹어도 된다며."

"아니, 씻어서 먹으라고."

"괜찮은데."

갑작스레 웃음이 나왔다. 나는 입술 안쪽을 깨물었다. 웃음을 참기 위해서였다. 왜 웃기지? 이게 뭐라고 웃기지? 내가 미친 건가.

우리하는 내가 딴 보리수 열매를 다 가져가라고 했다. 비닐봉지를 가져다주겠다는 걸 말렸다. 다온이 가져다 놓은 재활용품들 가운데 깨끗해 보이는 작은 플라스틱 상자를 하나 골라 열 개 정도 담았다. 열매는 붉은 보석처럼 반짝였다.

"더 가져가지."

우리하는 못내 아쉽다는 듯 말했다.

"이거 왜 이래, 모기 물린 거야? 너무 심한데?"

엄마가 내 왼팔을 붙들고 심각하게 말했다. 보리수 열매를 따고 돌아오는 길부터 간질간질하더니, 월요일 아침에 일어났을 때는 하얗게 부푼 자국이 팔 전체에 번져 있었다. 지독하게 간지럽기도 했다.

"모기였나 봐. 학원에도 있더라고."

나무에 있는 벌레에 대해 검색해 봤다. 쐐기벌레일 수도 있었다. 집에 있는 약을 발랐지만 딱히 나아지는 것 같진 않았다.

88

어쩔 수 없이 소매가 긴 카디건을 챙겼다. 학교와 학원에선 안 입고 있었지만, 텃밭에 갈 때 카디건을 입었다. 벌레 물린 자국은 오후가 되자 더 심해져서 화상처럼 변해 있었다.

"우아, 이 날씨에 긴팔? 안 더워?"

다온이 물었다.

"괜찮은데."

절대 리하에게 보이고 싶지 않았다. 리하가 챙겨 준 토시를 하지 않은 내 잘못이니까. 어떤 식으로든 리하가 내게 미안한 마음이 드는 건 싫었다.

리하는 얼음을 넣은 수박화채를 커다란 김치통에 담아 들고 왔다. 열명은 먹겠다고, 할머니 손도 크시다고 다온이 농담을 했지만 우리 셋이 거의 다 먹어 치웠다. 화채를 먹고는 텃밭 담 주변을 정리했다. 방치된지 오래된 죽은 덩굴을 잘라 내고 부러진 채 매달려 있던 마른 나뭇가지들도 떼어 냈다.

미처 다 끝내지 못했는데 수학 수업 시간이 되었다. 하다 말고 가려니 찜찜했다. 마저 마무리까지 다 해 놓고 싶었다. 다온은 자기는 안 가도 된다며 놀리듯 말했다.

"잠깐, 이거 가져가."

내가 밭을 떠나기 전에 리하가 다온과 나에게 작은 병을 하나씩 주었다. 보리수 열매로 만든 잼이라고 했다. 내가 따서 두고 간 그 보리수였겠지만 리하는 그런 말은 덧붙이지 않았다. 다온은 그제야 "어, 이 나무 열매 다 땄네" 하고 말했다.

보리수 잼은 집에 가져와 책상 서랍에 넣어 두었다. 그 병이 거기 있다 생각하면 어느새 마음 한쪽이 따뜻해지는 느낌이 들었다. 따끔거리는 팔의 아픔을 덮어 버릴 만큼의 온기였다.

익숙해진다는 것. 외우지 않고도 손이 저절로 자물쇠 번호를 눌러 낸 다는 것.

자물쇠를 풀고 텃밭에 들어가던 차였다. 중년의 남자와 여자가 나를 불러 세웠다. 여기서 뭐 하냐고, 어디 가냐고 물어서, "아래 텃밭에 가는 데……" 하고 말을 흐렸다.

"거기 텃밭이 아직도 있어? 누가 하는데?"

남자가 물었다.

"할머니가 하시는데요."

"할머니? 무슨 할머니. 여기서 무슨 텃밭이야. 아파트 공유지를 사유 지처럼 쓰면 안 되지."

"예전부터 쭉 하시던 건데……."

"아, 그 할머니가 아직도 여기 텃밭을 하셔?"

붉은 양산을 든 여자가 무슨 일이냐 물었고 남자가 설명했다. 여기서 이것저것 키우는 할머니가 있는데, 원래는 안 되는 거지만 할머니가 연 세도 있고 해서, 작년까지만 하고 그만하기로 했다고.

"여든도 넘지 않으셨나? 아니 노인네가 무슨 힘이 있다고 자꾸 뭘 심 고 그래. 근데 너는 그 할머니랑 무슨 관계고?"

그 순간에 나는 선택을 했다. 사실을 말하는 대신 말해야 할 것 같은 말을 했다.

"우리 할머니예요. 할머니 아직 건강하세요."

얼굴이 화끈거렸다. 거짓말을 했다. 아는 애 할머니라는 두루뭉술한 말로는 그 사람들을 꺾을 수 없을 것 같아서였다. 남자는 불퉁한 표정으로 올해가 마지막이어야 한다고, 더는 못 봐준다고 말했다.

그 사람들이 아파트 건물을 돌아 사라지는 것까지 보고서 철망 안으로 들어서는데, 화들짝 놀랐다. 철망 바로 안쪽에 리하가 쭈그리고 앉아 있었다.

다리에 힘이 풀리면서 주저앉아 버렸다.

"아, 미안. 많이 놀랐어?"

리하는 허둥지둥 사과했다. 막 나오려던 차에 사람 소리가 나서, 마주치기 싫어서 거기 숨어 있었다고 했다.

리하는 다 들었다면서, 왜 우리 할머니라고 말했느냐고 물었다. 표정 관리가 안 되었다. 대답하지 않고 넘기려고 했는데 리하가 자꾸 물었다. 꼭 저렇게 파고들어야 하나 싶어서 화가 나려고 했다.

"중요한 데잖아, 여기."

"너하곤 상관없잖아?"

"너한텐 중요하잖아."

던지듯 말했고, 리하는 대꾸하지 않았다.

괜한 말이었나. 잘 알지도 못하면서 말했나. 리하는 밭에서 이러고 있는 게 좋아 보이냐며 다온에게 화를 낸 적도 있는데.

밭에 있던 다온은 방금 전 일을 듣더니 함께 밭을 지켜야 한다고 주장했다. 말투는 심각한데 묘하게 들떠 보였다. 리하는 남 일처럼 말했다.

"그 사람 말도 틀린 거 없어. 아파트 전체 주민이 쓰는 것도 아니고, 여기도 어쨌든 공유지인데, 나가라면 나가야지."

"그게 너 말버릇이구나, 뭐 해도 틀린 거 없어, 그러는 거."

다온이 엉뚱한 말을 꺼냈다. 리하는 당황한 얼굴이 되었다.

"어, 우리 할머니 말버릇이 그거였는데. 내가 그러고 있네. 어쨌거나, 어차피 밭도 계속할 수는 없을 거고……"

"왜, 계속해야지! 채소도 키워 먹고 좋잖아?"

다온은 괜히 흥분해서 큰소리를 냈다.

"앞에 슈퍼 가면 몇천 원이면 사는 건데 뭐. 싱싱한 거 먹는다고 삶이 그렇게 나아지는 것도 아니고."

"아니, 채소 문제가 아니라!"

"너 저거 만드는 거 때문에?"

리하가 턱으로 토템을 가리켰다. 다온은 기막히다는 듯 한숨을 내쉬었다.

"저건 저거고, 너네 할머니한테도 의미가 클 거 아냐. 너한텐 안 그래?"

리하는 시큰둥하게 고개를 저었다. 그랬다가 표정이 살짝 바뀌고, 리하가 말했다.

"하긴. 중요한 거라 하더라고."

순간이었다. 그렇게 말하는 리하의 얼굴을 봤다. 바람이 불어 구름을 옮기고 그늘을 걷은 것 같은 순간. 나는 고개를 숙였다. 눈에 들어오지

92

도 않는 영어 지문을 읽고 또 읽기만 했다.

중요하다는 거, 내가 한 말인데. 나만이 할 수 있는 말은 아니지만.

무력하지 않다.

짧은 문장이 떠올랐다. 나는, 우리는, 무력하지 않다.

어디서 튀어나왔을까. 나는 그 문장을 되새겼다. 가늘지만 질긴, 쉽게 구부러지지만 부서지지는 않을, 지팡이처럼 디딜 수 있는 문장이었다.

일기 예보가 심상치 않았다. 비가 밤새 오고 아침에도 계속 왔다. 바람도 너무 세서, 엄마 말대로 무릎까지 오는 바람막이를 교복 위에 걸쳤는데도 학교에 도착했을 땐 신발까지 다 젖을 정도였다. 인서는 장화를 신고 왔고, 맨발에 샌들을 신고 온 애들도 꽤 되었다.

텃밭이 걱정되었다. 아침 뉴스에선 비바람에 벼가 쓰러지고 과일이 다 떨어진 모습이 나왔다. 지난주에 리하가 만든 토마토 지지대와 미니 비닐하우스도 그렇게 망가져 있을지 몰랐다.

학교가 끝나자마자 자습실에 가방만 가져다 놓고 밭으로 갔다. 다온에게 문자를 보냈지만 답을 기다릴 수 없을 만큼 초조했다.

역시나 토마토 지지대는 쓰러져 있고 비닐하우스도 반은 무너졌다. 다온이 어제 토템에 씌워 놓았던 비닐도 흐트러져 있었다. 토마토는 줄기 채로 뚝뚝 끊어져 바닥에 떨어졌다. 가지와 고추도 마찬가지였다.

나는 지지대를 세우고, 힘없이 구부러진 줄기들을 도로 묶으려 했다. 바람이 너무 세고 비에 젖은 손가락이 자꾸 미끄러져서 제대로 되지 않았다. 바람막이 속으로 빗물이 스며들었다. 팔과 등이 비에 젖었다. 그래도 멈추지 않았다.

스스로도 제 정신이 아니라고 느꼈다. 하지만 그 순간엔 그것들을 구해 내지 않으면, 원래대로 돌려놓지 않으면 모든 게 다 망가져 버릴 거라 확신했다.

"왜 이러고 있어!"

다온과 리하였다. 리하는 놀란 표정으로 내 손에서 지지대를 받아 들었다.

"이거…… 어떻게 해……."

다 뭉개진 토마토를 보자 목이 메었다. 리하가 말했다.

"지금은 어떻게 못 해. 비 그친 다음에 수습하면 되니까, 그냥 가."

"그럼 이거 다 죽는 거잖아!"

"아니야, 다시 자랄 거야."

비바람이 더욱 거세졌다. 나뭇가지들이 미친 듯이 흔들렸다. 리하가 소리쳤다.

"괜찮다고! 다시 자란다고!"

리하가 거짓말하는 것 같았다. 저렇게 다 쓰러졌는데? 열매도 막 떨어졌는데?

쾅!

천둥이 울렸다. 소리가 너무 커서, 나무가 쪼개진 줄 알았다. 나도 모르게 탁자 아래 웅크리고 앉았다. 다온과 리하도 마찬가지였다.

몇 분이 지났을까, 비는 마지막 발악을 하듯 쏟아져 내리더니 갑작스레 그쳤다. 계속해서 흩뿌리긴 했지만 아까에 비하면 물뿌리개나 다름

없는 수준이었다. 바람은 여전히 셌다.

우리 셋 다 흙탕물에 구른 것처럼 흠뻑 젖고 흙투성이가 되었다. 밭도 그랬다. 모든 게 엉망이었다. 찢긴 나뭇잎들에서 진한 냄새가 풍겨 왔다. 깊은 숲의 냄새였다.

다온은 쓰러진 토템을 확인하더니 미친 것처럼 웃어 댔다.

리하는 토마토나 비닐하우스를 살펴보기 전에 먼저 나를 살폈다. "괜찮아?" 하고 물었고, 나는 웃었다.

소리 내어 웃었다.

"이게 무슨 꼴이야, 이게 다 뭐라고."

리하가 웃었다. 아니, 내가 웃었던가. 다온이, 우리가. 바람이 나무를 흔들어 대는 소리에도 묻히지 않을 만큼 크게.

그 순간에는 우리 셋이 이곳에 있는 게 너무나 당연하게 느껴졌다. 모이게 된 이유 같은 건 과거의 일이고 지금 이 순간은 완벽했다. 그토록 엉망이 되어 버린 순간에 어울리도록, 후련했다.

엄마한테 할 변명을 쥐어짜며 집에 왔는데 다행히 엄마가 없었다.

뜨거운 물로 씻고 따뜻한 유자차를 한 잔 타서 책상 앞에 앉았다. 팔다리가 쓸려 상처투성이에 멍도 들었다. 조심히 상처에 약을 발랐다. 엄마에게 들키지 않으려면 긴 옷으로 갈아입어야 했다.

아픈데, 아프지 않았다. 아까는 정말로 다 끝나 버리는 줄 알았다. 그런데 리하는 아니라고 했다. 괜찮을 거라고.

다시 자랄 거야.

리하가 그렇게 말했다.

충돌

기말고사 동안에는 밭에 가지 않을 생각이었지만 저절로 텃밭에 들르게 되었다. 리하나 다온이 있든 없든, 잠깐이라도 산모기에 뜯기더라도 텃밭에 갔다. 일단 리하가 가져다 놓은 모기기피제를 팔과 다리와 목에 뿌리고, 탁자 앞에 앉아 있거나 다 익은 방울토마토를 하나 따 먹거나 가지의 보랏빛 줄기를 관찰했다.

리하가 하도 열심히 관리해 둔 덕에 잡초가 나면 바로 눈에 띄었다. 갓 자란 어린 잡초를 뽑으면서 미안하다고 중얼거리기도 했다.

마음을 놓았다. 안심하고 있었다.

살아 있는 것들이 너무 생생해서. 익고, 썩고, 쓰러지고, 솟아나는 것들에 시선을 빼앗겨서.

살아 있는 사람의 양감과 온기가 너무나 압도적인 것이어서.

지나간 일들을 그림자처럼 보이게 했다.

몇 가지 불길한 전조가 있었다. 다온이 지미니 크리켓 열쇠고리를 가지고 왔던 것. 다온은 해맑은 태도로 내게 그걸 건넸다.

"너 생각나서 가져왔어. 문구점에 있더라."

리하가 이쪽을 봤고, 나는 무의식적으로 열쇠고리를 움켜쥐었다.

"선배가 얘를 지미니 크리켓이라고 불렀대, 자기는 피노키오고. 재밌지 않아?"

다온은 유쾌한 어조로 말했다. 입술이 얼어붙었다. 리하는 비닐하우스 안으로 몸을 반쯤 집어넣고 일하고 있었다.

"어. 그래."

감흥 없는 대답이 비닐하우스로부터 들려왔다.

"사실 나 그거, 〈피노키오〉도 찾아봤어. 옛날 애니메이션."

다온은 아랑곳하지 않고 본격적으로 〈피노키오〉 얘기를 시작했다.

"다 아는 얘긴 줄 알았는데 다시 보니까 신선하더라고. 사실 피노키오는 인간이 되려고 한 적도 없었던데? 피노키오가 진짜 소년이 되길 바란 건 목수 제페토였고, 파란 천사는 제페토의 소원을 들어준 거고. 근데 왜 피노키오가 그렇게 힘든 일을 다 했어야 했나 몰라."

"인간도 그렇잖아. 태어나고자 한 적도 없는데 살아야 하고."

비닐하우스 속에서 리하가 말했다. 다온은 격하게 고개를 끄덕였다.

"그치! 인간도 마찬가지지. 인간으로 살겠다고 선택한 것도 아닌데 인간처럼 행동하라고 요구받잖아. 이런 건 어때? 중간에라도 선택하게 해 주는 거야. 인간 말고 나무나 돌처럼, 고양이나 돌고래처럼 아니, 책상이나 파도처럼 살고 싶다면 그렇게 해 주는 거지. 타인을 방해하지 않는 선에서 자기만의 규칙을 정하고 살아가면 문제없잖아."

"나는 나무 같은 거 되고 싶다. 이끼라던가."

재빨리 맞장구를 쳤다. 대화의 흐름이 〈피노키오〉에서 멀어지도록. 그러나 뜻대로 잘되지 않았다.

"나무? 피노키오가 나무 인형이었잖아. 나무로 잘 자라고 있었는데 누가 잘라서 인형 만들고 사람 되게 해 주겠다고 한 거지. 세상 뜻대로 되는 게 없다."

다온은 재밌다는 듯 다시 〈피노키오〉 얘기로 돌아갔다.

"난 피노키오 별로야."

리하가 딱 잘라 말했다. 다온은 왜 별로냐고 물었지만 리하는 대답을 하지 않았다.

왜 별로라고 했을까. 생긴 게 싫다거나 징그럽다거나, 충분히 그럴 수 있다. 하지만, 혹시라도…….

무서웠다.

다온과 리하가 다 알게 되면 어떻게 되는 거지? 언제까지 속일 수 있지? 속이려고 했던 것은 아니지만 결과적으로는 그랬다. 오해였다고, 착각한 것 같다고 말할 단계는 진작 지났다.

경보음이 울리기 시작했다. 아니, 계속 울려 왔지만 내 귀가 잠깐 멀어 있었던 것이다.

그날 텃밭에서 나오는 길에 편의점 앞에서 한재희와 마주쳤다. 웬일로 친구들 없이 혼자였다. 한재희는 나를 보고 피식 웃었다.

"정다온 모르던데?"

"무슨 소리야?"

"너랑 지호, 모르던데? 그걸 왜 숨겨? 지호가 부끄러워?"

"아니야, 그런 거. 그래서, 네가 얘기했어?"

눈에 보이는 게 없었다. 한재희가 말해 버렸나? 다온은 아는 티를 내지 않았다. 참고 숨긴 건가?

"걱정돼? 왜? 정다온이 알게 될까 봐? 그래, 신지호보다는 정다온이 낫겠지."

"말 함부로 하지 마. 지호 얘기는 왜 꺼내는데?"

주먹을 꽉 말아 쥐었다. 손톱이 손바닥에 꽂히도록.

"정다온 걔, 결벽증이야. 흠 하나 있는 거 못 본다고. 신지호의 친구와 친구가 된다? 절대 못 할걸."

편의점에서 학원 애들이 나왔다. 한재희는 입을 다물고는 내 옆을 지나쳐 갔다.

아직 말하지 않았구나, 안심과 동시에 메스꺼움이 밀려왔다. 속이 뒤틀려 그 자리에 웅크리고 앉아야 했다.

나는 다온을 속이고 있었다. 차라리 리하에 대해선 변명의 여지가 있었다. 하지만 다온에 대해선, 진실을 말할 기회가 있었는데도 말하지 않기를 선택한 거였다. 질문이 던져진다면 피할 수 없었다.

또 다른 계기는 수학 선생의 개입이었다. 다온은 기말 대비 수업에도 빠졌고 수학 선생은 진심으로 화를 냈다. 다온에게, 이 상황에 대해.

"언제까지 그럴 거야, 어린애들도 아니고. 낼모레가 기말이야. 그런 일로 낭비할 시간도 없다."

틀린 말은 아니었다. 이대로 기말고사가 끝나고 성적 걱정이 최우선 과제가 되면 다온과 한재희 무리 사이의 긴장도 흐지부지 풀려 버렸을지도 모른다.

하지만 수학 선생이 선택한 그 단어들은, 이 상황에 얽힌 사람들을 자극했다. 어린애들, 그런 일, 낭비. 상황 밖의 사람이 쉽게 내뱉은 말들은 꺼져 가는 불씨를 타오르게 만들었다.

그러나 수학 선생의 말에 지금까지 소극적이었던 다온의 친구들이 목소리를 내기 시작했다.

"야, 이제 그만 해라. 정다온이 뭘 그렇게 잘못했다고 못 잡아먹어서 안달이냐?"

친구로서 충분히 할 수 있는 말, 동시에 한 단어 한 단어 물어뜯겨질 만한 말이었다.

"우리가 뭘 했다고? 우리가 언제 정다온 못 잡아먹어서 안달했는데? 야, 정다온이 뭘 어떻게 했는지 알기나 해?"

한재희 친구들이 날카롭게 반응했다. 지금까지 자기들이 한 일을 정당화해야 했을 테니까. 다온은 수학 수업을 빠지는 것 말고는 충분히 타격을 입지 않은 것처럼 '보였고', 그래서 그 애들은 자기들이 저지른 일을 과소평가했다.

중간에 낀 애들까지 입을 열었다.

"이렇게 분위기 망쳐 놔야 해? 둘이 알아서 풀면 안 돼? 신경 쓰기 피곤하다고."

그런 것들이 모두 다온에게는 일종의 압박으로 작용했다.

기말고사가 끝나고 다음 날 텃밭에 왔을 때 다온이 말을 꺼냈다. 다온이 텃밭에서 한재희 이야기를 직접 꺼낸 것은 처음이었다.

리하는 전혀 몰랐던 모양이었다. 다온의 이야기를 들으면서 나 역시 몰랐던 몇 가지를 알게 되었다. 정다온과 한재희가 중학교 때 사귄 적이 있다는 것. 고등학교는 서로 다른 곳으로 갔지만 한재희가 이쪽 학원으로 옮겨 오면서부터 다시 자주 보게 되었다는 것.

"나는 내가 무슨 여지를 줬다고는 생각 안 해. 아는 사이이고 친했었는데 모르는 척할 순 없잖아. 문자 오면 답하고 숙제 보여 달라면 보여 줬어."

다온이 억울하다는 듯 털어놓았다.

"그래서 뭐가 문제인 건데?"

리하는 정말로 모르겠는 모양이었다.

다온은 망설이듯 몇 번이나 입술을 달싹거리다 말했다.

"한재희가…… 보드를 타더라고."

"언덕에서 타는 거?"

리하가 묻고 다온이 고개를 끄덕였다.

"내가 그 말 듣고 화를 냈었거든. 미쳤냐고. 한재희는 자기 걱정해서 그런 건 줄 알았나 봐. 괜찮다고, 웃으며 그러더라. 걱정하지 말라고. 나는 걔 걱정한 게 아니었어. 선배 생각에 화가 났던 건데."

그 선배에 대한 거라면 나는 할 말이 없다. 속이 얹힌 듯 답답해졌다.

"너 걱정은 안 한다고 했어. 탈 거면 타라고, 대신 나한테 알리지 말라고. 내가 아는 사람 누가 죽는 꼴 보고 싶지도, 알고 싶지도 않다고 했지. 말이 심하긴 했어. 그래도 사과하고 싶지 않아. 내가 잘못한 거라고 해도, 사과하고 싶지 않다고."

다온은 동의를 구하듯 나와 리하를 번갈아 보았다. 그때 리하가 입을 열었다.

"그래도 미안하다고 하는 게 낫지 않겠어?"

"미안하지가 않은데 어떻게 그래."

다온은 답지 않게 풀죽은 목소리로 대답했다.

리하는 들고 있던 호미를 바닥에 내려놓았다.

"그게 원래 그래. 네가 잘못해서 그런 일이 벌어진 게 아니야. 사과할 이유 같은 거 찾지 마. 그러면 더 혼란스러워져. 나는 잘못한 게 없는데 어째서 이런 일이 벌어졌나 계산하기 시작하면…… 살기 싫어진다고."

리하 자신의 이야기였다. 나는 손톱이 손바닥 안을 파고들도록 꽉 쥐고, 입 안쪽 살을 꽉 깨물었다. 리하가 내 쪽을 봤다. 그리고 물었다.

"이지민 너 생각은 어때?"

나는 내 고통을 감추기 위해 아무 말이나 지껄였다.

"사과해 버려. 겉과 속이 꼭 같아야 할 필요 있어? 네가 진짜로 미안하지 않아도, 말로 해서 해결이 되는 거면 그렇게 넘어가는 게 나을 수도 있어."

한 박자 늦게 신 포도 얘기가 떠올랐다. 겉과 속이 다른 것에 익숙하다는 다온. 그런데 왜 이 일에 대해서는 겉과 속을 맞추려 했을까. 네가 시다는 건 아무도 모르는데.

다온은 고개를 돌려 토템 쪽을 보았다. 그러고는 결심한 듯 고개를 끄덕였다.

"그래. 알겠어."

다온은 특유의 시원시원한 말투로 대답했다.

다온은 가족과 약속이 있다며 먼저 텃밭을 떠났다. 약간 당황했다. 기말고사가 끝난 기념으로 학원 수업이 없는 날이라 텃밭에 오래 있어 볼 참이었다. 다온 없이 리하와 둘이 있게 되는 상황은 예상치 못한 것이었다. 리하는 언제 집으로 돌아갈까. 지금도 집에 가고 싶은데 나 때문에 못 가고 있는 건 아닐까?

리하는 호미에 묻은 흙을 닦다 말고 불쑥 내게 물었다.

"정다온 때문에 기분 안 좋아? 걱정돼서?"

"뭐?"

그 질문에 깔린 뜻을 깨닫자 바로 대답이 나왔다.

"아니야, 그런 거. 정다온하고 아무 사이도 아니고."

"그래. 그냥, 신경 많이 쓰는 거 같아서."

신경이야 당연히 쓰고 있다. 말 한 마디 한 마디에 민감하게 반응하고 있다. 정다온이 아니라 너에게.

"나는 이렇게 하면 좀 낫더라."

리하는 호흡하는 법을 가르쳐 주었다. 어깨를 펴고, 긴장을 풀고, 깊게 숨을 들이마시고, 천천히 내쉬고.

"상담에서 배운 거야. 상담 받은 지 한 팔 개월 됐나. 상담실까지 가지는 않고 화상으로 해. 직접 얼굴 보고 얘기하는 것만은 못 하겠지만 안하는 것보다는 낫다고 해서."

그 애가 내게 건넨 말들은 달콤한 독이나 다름없었다. 나한테 그런 말은 하지 마. 너를 드러내지 마. 나를 믿지 마. 나는 절대 너를 배신하지 않을 거지만, 이미 시작부터 어긋나 있었어. 한 번만 삐끗해도 무너져 내릴지 몰라. 그러니까 제발…….

그래도 듣고 싶었다. 리하가 말하는 자신에 대해 알고 싶었다.

눈 감으면 되는걸. 아니, 돌아서 있기만 해도 돼. 그 애가 나를 믿는다면 믿는 그대로의 사람이 되면 돼. 그게 뭐가 문제지? 틀리지 않은 거잖아. 최선의 방향을 택한 거잖아.

리하는 많은 이야기를 했다. 삼촌이 대전에서 일하고 있다는 거. 주말에 오는데 이번 주엔 좀 일찍, 오늘 온다는 거. 저녁으론 삼촌이 좋아하는 만두전골을 만들어 먹을 것 같다는 거.

"근데 이거, 맛 괜찮았어?"

리하가 식탁에 놓인 유부초밥을 가리키며 물었다. 리하가 가져왔고 아까 다온까지 함께 나눠 먹고 남은 것이었다.

"어. 맛있었어."

"다행이다. 사실은 이거, 내가 만든 거거든."

"진짜? 할머니가 만드신 거 아니고? 맛있어. 진짜로."

진심을 담아 말했다. 리하는 뭐 더 하고 싶은 말이 있는 것처럼 머뭇거리다 웃어 버렸다.

우리는 여름 해가 기울도록 거기 앉아 이야기를 했다. 저녁 모기를 손으로 쫓아 가며, 리하의 삼촌이 전화를 할 때까지.

"이젠 가야겠다. 삼촌 배고픈가 봐."

우리는 같이 밭을 나왔다. 나오는 길에도 계속 이야기를 했다. 리하는 아파트 정문까지 나와 함께 걸어가 주었다.

집으로 가는 길에는 발이 둥둥 떠다니는 것 같았다. 제일 좋아하는 음악을 들으면서 버스도 타지 않고 집까지 걸어갔다. 무시하고 외면했던 것들이 내 뒤를 촘촘히 따라오는 줄도 모르고.

그리고 다음 날, 시작되었다.

학원 자습실에 있는데 방금 미술 학원으로 떠난 인서한테서 전화가 왔다.

"정다온이 밤에 언덕에서, 보드 타려고 한다는 얘기 들었어?"

인서는 숨을 몰아쉬며 설명했다. 인서네 미술 학원 애가 보드 타는 앤데 정다온 이야기를 했다는 거였다.

"뭐 잘못 안 거 아냐? 정다온은 보드 싫어해."

"한재희가 타라고 했다는데. 진짜 자기한테 미안하면 타 보라고 했대. 뭘 그리 집착을 하냐, 걔도."

인서는 보드를 타는 장소와 날짜를 알려 주었다. 사고 났던 쪽 말고 언덕 반대쪽 내리막길에 있는 어느 빌라 주차장이었고, 날짜는 쓰레기 수거일이 아닌 날 가운데 고른다고 했다. 쓰레기 수거일에는 수거 차량이 새벽까지 오가고, 사람들도 쓰레기를 내어놓으러 밤에 나오기 때문에 보드를 타지 않는다고 했다.

나는 바로 자습실을 나와 그 빌라 앞에 가 보았다. 언덕길에 있는 다른 집들처럼 이 빌라도 옹벽을 세워 수평을 맞추고 그 위에 건물을 지은 것이었다. 옹벽 안쪽이 주차장이었고, 주차장 안으로 들어가는 길은 상당히 가팔랐다. 인서 말로는 최대한 주차장 위쪽에서 시작해서 빌라 입구를 지나 언덕 차도로 치고 나가는 식으로 탄다고 했다. 같이 보드 타는 애들이 지켜보며 신호를 준다고 했지만 더없이 위험해 보였다.

주차장 앞쪽에는 오늘 밤 수거될 쓰레기봉투들이 쌓여 있었다. 오늘은 아니란 얘기였다.

다온은 연락을 받지 않았고, 나는 텃밭으로 갔다.

리하가 밭에 앉아 있다 일어났다. 한 손에는 작은 삽을 들었고, 발치에는 모종판이 나와 있었다. 배추, 아니면 양파. 미니 비닐하우스에서 자라던 것 가운데 하나였다.

"왜 그래? 무슨 일 있어?"

"정다온, 여기 안 왔어?"

말이 쉽게 안 나왔다. 리하도 보드 사고가 났던 그 선배와 친분이 있다. 보드 얘기를 꺼내면 리하의 트라우마를 건드리게 될까 두려웠다.

"다온이, 언덕에서 보드를 타겠다고 했대. 다온을 괴롭히는 그 애가 자기한테 미안하면 타 보라고 했다고……."

리하는 도로 앉아 땅을 팠다. 그러곤 고개를 숙인 채로 물었다.

"그래서?"

"그래서라니, 위험한 일이잖아. 억지로 타게 하는 거고, 다칠 수도 있는데."

리하는 모종화분에 들어 있던 푸른 싹을 구멍에 넣고 흙을 도닥였다.

"정다온이 그러기로 정한 거면 나름의 이유가 있겠지."

"한재희 때문에 억지로 그러는 건데, 그게 어떻게 이유가 돼?"

"어떻게 그렇게 잘 알아?"

"뭐?"

말문이 막혔다. 리하는 자리를 조금씩 옮겨 가면서 땅의 구멍을 모종으로 메웠다.

"짐작하는 거잖아. 그 애랑 어떻게 풀릴지는 그 둘만 아는 거고, 뭐 문제가 있다 해도 결국엔 정다온이 해결해야 하는 일이야."

냉정한 목소리였다. 피해자였던 리하라면 다온의 편을 들어 줄 것 같았는데 전혀 아니었다.

"친구잖아."

리하가 모종삽을 내려놓고 나를 올려다봤다.

"너는, 정다온 친구잖아. 걱정할 수 있잖아."

나는 비겁했다. '내'가 친구라고, 그러니까 걱정하고 있는 거라고 말하지 못했다.

"다들 뭐 해? 내가 좀 늦었지? 어, 이지민 수학 갈 시간 되지 않았어?"

다온이 텃밭으로 내려오고 있었다. 평소와 하나도 다를 것 없는 얼굴이었다.

"너 보드 탈 거야? 언덕에서?"

다온이 가까이 오자 리하가 바로 물었다. 다온은 허를 찔린 표정으로 우리를 번갈아 보았다.

"아니, 그게……."

다온은 변명했다.

"사과하려고 했어. 근데 한재희를 만날 수가 없는 거야. 말을 걸려고 해도 걔 친구들이 틈을 안 줘. 번호는 차단해 놨고, 메일은 읽지도 않아. 심지어 편지까지 썼다고. 근데 받지도 않아. 그래서 어젯밤에 갔던 거야, 보드 타는 애들 모인다기에."

별일 아닌 것처럼 다온이 말했다.

"어제 보니까 그렇게 어려운 것도 아니던데. 뭐, 다칠 수도 있겠지. 팔 하나 금 가거나. 그러고 나면 날 내버려 두겠지. 그게 나아."

"만약 팔 하나로 끝나지 않으면? 네가 적당히 고를 수 있는 게 아니잖아."

내가 말했고,

"그러다 심하게 다칠 수도 있어."

거의 동시에 리하가 말했다. 다온은 우리에게서 몸을 돌렸다.

"지겹다고, 이런 상태로 질질 끄는 거. 너희도 빨리 끝내라고 했잖아."

섬뜩한 깨달음이 머리를 스쳤다. 다온은 다치려는 거였다. 그게 목적이었다. 책임질 수 없는 상태를 만들어 상황을 종료시키려는 거다. 가파른 절벽을 기어 올라가다 갑자기 손을 놓고 싶어지는 심리. 차라리 아프면 해결될 것 같은 그런 느낌.

"너 지금 그냥 다치고 싶지."

내가 말했다.

"그럼 괜찮아질 거 같아? 그러다 죽으면? 그러려고 그래?"

다온의 얼굴이 일그러졌다. 어딘가 익숙했다. 거울 속에서 발견한 내 얼굴과 같았다.

"야, 말을 뭐 그렇게 해? 내가 꼭 죽기라도 할 것처럼. 막말로 죽으면 뭐 어떤데?"

"너 미쳤어?"

"그럼 왜 안 돼? 다 망가져 버리면, 부서져 버리면 되는데. 그럼 내가 실패작이든 말든, 그런 거 신경 안 써도 되는데!"

다온은 소리를 질렀다.

"……너가 왜 실패작이야."

리하가 말했다. 나는 한재희의 말을 생각했다. 정다온은 흠 하나 있는 거 견디지 못한다고 했던 말. 다온 자신에게 가장 가혹하게 적용되는 것이었던가.

"이 문제로 너희랑 싸우고 싶지 않다. 그만하자."

다온은 애써 감정을 억누르려 했다. 나는 멈추지 않았다.

"한재희한텐 죽으려면 너 모르게 죽으라고 그랬다면서. 우리 생각은 안 해? 그거랑 똑같은 거잖아. 우리도 똑같이 화내는 거 당연하지!"

"차라리 몰랐으면 좋았겠네, 그럼."

"그런 얘기가 아니잖아! 꼬아 듣지 말고 좀!"

"나한테 소리 지르지 마, 명령하지 말라고!"

다온은 뒤돌아 뛰어 텃밭을 나가 버렸다.

나는 의자에 앉은 채로, 다온이 먹다 남기고 간 옥수수를 노려보았다. 그게 정다온이라도 되는 것처럼. 눈에서 불이 나와 붙기라도 할 것처럼. 정다온의 옷에도 불이 붙고, 깜짝 놀라면 그때 물을 부어 꺼 주는 거다. 그러곤 가만히 좀 있으라고…….

"하겠다는데, 하게 내버려 둬. 정다온 말도 틀린 거 없어."

리하가 말했다. 틀린 게 없다니. 이것도 안 틀리고 저것도 안 틀리면 어떻게 하라는 건데? 그런 식으로 말하는 건 회피밖에 더 되나?

리하에게도 쏟아붓고 싶었다. 다온에게 했던 것처럼 참지 않고 말하고 싶었다. 그러나 리하에게는 그럴 수 없었다. 그 애가 회피하고 있다고 한들 누가 그 애를 비난할 수 있나. 나는 말을 삼켰고, 리하가 말했다.

"말 안 하는 거야? 나한테는?"

"무슨 소리야."

찬물을 맞은 기분이었다. 리하가, 설마.

"너 지금 내가 하는 말이 마음에 안 들잖아. 왜 참고 있어?"

지호 얘기가 아니구나. 안심했고, 억울했다. 내 생각, 내가 아는 것들을 어떻게 말해? 절대 못 해. 못 하는 이유조차 너는 모르잖아.

모르는 게 당연하고, 모르길 바랐지만.

"넌 아무것도 몰라!"

말을 뱉자마자 후회했다. 나에겐 억울해할 자격조차 없다.

리하는 내 화를 받아치지 않았다. 도리어 받아들였다.

"좀 낫네. 네가 하고 싶은 대로 해. 우리가 꼭 같은 생각을 해야 할 필요는 없잖아."

내가 하고 싶은 대로? 리하의 말에 순간 땅과 하늘이 뒤집힌 것처럼 어지러워졌다.

내가 하고 싶은 건 뭐지? 스스로에게 물었다. 답은 너무나 빨리 나왔다.

이대로 이 밭에서. 셋이서, 지금까지처럼 계속. 눈속임을 할 정도만큼만 흙을 덮고, 그 아래 덮여 있는 것을 모른 척하며, 그 얕게 덮인 흙 위로 겨우 돋아난 가는 싹이 커 가길 바라며.

"나는……"

감히 바랄 수 없는 소망이었다.

"이지민."

리하가 나를 불렀다. 반사적으로 대답했다.

"없어, 하고 싶은 거."

저녁 어스름이 텃밭을 채워 리하의 얼굴이 흐릿하게 보였다. 팟, 갑작스레 가로등이 켜지는 바람에 놀라 시선을 돌렸다. 가로등이 켜졌다고 밝아지진 않았다. 나뭇잎들이 가로등을 가리고 있었고, 텃밭에는 더 짙고 얼룩덜룩한 그림자가 졌다.

"못 하게 하는 방법이 있어."

리하가 말했다.

"뭔데?"

"언덕에 다니는 차 앞에 뛰어들어서 미리 사고를 내는 거야. 그럼 차가 멈추고, 한동안 시끌시끌할 거야. 보드 타는 것도 못 하겠지. 괜히 엮이면 안 되니까."

상상했다. 사거리 횡단보도에 서 있다가 차 오는 걸 못 본 척하며 길을 건너는 거다. 빨간불 신호를 착각했다고, 실수였다고 하면 된다.

리하는 자기 말을 주워 담듯 말했다.

"못 들은 걸로 해. 보드 타는 건 다칠 수도 있고 안 다칠 수도 있어. 하지만 그렇게 하면 백 퍼센트 다쳐."

"그건 괜찮아. 다치는 건."

나는 쉽게 말했고, 그 말이 리하를 건드렸다.

"다쳐 봤어? 어디 맞아 보거나 교통사고라도 나 봤어? 말로 들으니까 쉬워 보이지? 정다온도 그래서 타겠다고 하는 거겠지. 얼마나 아플지, 괴로울지 상상도 못 하니까. 사람 몸은 그렇게 단단하지가 않아. 영화에서 보는 거랑은 다르다고, 머리나 옆구리를 한 대만 발로 맞아 봐. 몸을 펼 수가 없어. 다리에 힘이 풀려서 뒹굴게 돼. 피하고, 도망가면 되지 않느냐고? 안 맞아 봤으니 그딴 소리를 하는 거지……"

점점 격해지는 목소리로 리하가 묘사하는 기억은 바로.

"그만 해!"

듣기 싫어. 네가 무슨 일을 겪었는지 말하지 마. 누구 때문인지 떠올리고 싶지 않아.

나는 다온처럼 돌아섰다. 텃밭을 벗어나고 싶고 리하에게서 멀어지고 싶었다. 긴 풀들이 내 발목을 잡아챘고, 나는 그조차 힘겨워 억지로 발을 떼었다.

112

뒤돌아보지 마. 수많은 이야기와 신화에서 그렇게 말한다. 그리고 꼭, 그 말은 지켜지지 않는다. 모퉁이를 돌기 전에 나 역시 돌아보았다.

어둠 속에 홀로 앉아 있는, 수면 밖으로 나올 수 없는 인어공주처럼 무력해진 리하를.

몰랐다,
모르길
바랐다

한재희는 강의실에 있었다. 수학 수업 쉬는 시간이었다. 복도로 불러내 물었다. 정말 보드를 타게 할 거냐고. 정다온이 그렇게까지 잘못한 거냐고.

"정다온이 너한테 그렇게 말해?"

한재희는 입술을 깨물었다.

"내가 미쳤다고, 보드 타 보지도 않은 애 거기서 떠밀기라도 하겠니? 사람 죽은 덴데? 자꾸 얼쩡거리길래, 안 할 거면 가라고 했더니 자기도 탄다는 거야. 다들 위험하다고 했는데도 굳이 한다고 그러더라. 내가 뭘 더 어떻게 해야 해?"

"그러니까 네가 처음에 그렇게 정다온 따돌리고 그러지 않았으면……"

"야!"

한재희가 소리를 버럭 질렀다. 강의실에 있던 애들이 문을 열고 복도를 살필 정도로 큰 소리였다.

"이지민, 너 뭐 되게 정의로운 척하고 그러는데, 그거 진짜 이상해 보이는 거 알아? 뭐, 신지호 때문이야?"

그 말이 나를 후려쳤다. 그 말이 맞아서가 아니라, 틀려서. 지호 때문이었는데, 시작은 그랬는데 어느 틈엔가 지호 생각을 안 하고 있었다. 다온과 리하, 눈앞에 있는 사람들만 생각했다. 지금 내 행동의 이유는 과거가 아니라 현재에서 비롯한 것이었다.

"지호 때 그러지 그랬어? 그때는 모르는 척하더니. 아, 신지호는 너랑은 너무 수준이 안 맞지? 정다온은 적당히 수준 맞고, 어차피 너한테 손해 볼 일도 안 생길 테니까. 그거 엄청 역겨운 거 알아?"

내가 할 수 있는 말은 하나였다.

"난 지호 모른 척한 적 없어."

내가 상황을 알게 되었을 때는 이미 모든 게 종료된 뒤였다. 알았다한들 내가 뭘 어떻게 할 수 있었나. 나는 지호와 다른 길에 있었고, 그쪽에서 벌어지는 일은 흐린 막으로 가려져 윤곽만 보일 뿐이었는데.

"모르는 척했잖아. 지호가 너희 집 찾아갔을 때 문도 안 열어 줬다며. 난 날짜도 기억해. 3월 2일. 중학교 입학식 날에."

"무슨 얘기야?"

한재희는 비아냥대는 말투로 말했다.

"아, 진짜로 집에 없었나 보구나? 지호는 눈꺼풀이 찢어져서 한쪽 눈은 뜨지도 못할 정도였는데. 그래서 잘 안 보여서 다른 집으로 갔나 보다. 그래, 문 안 열어 준 거 너가 아니네. 다른 사람이었네?"

"무슨 소리냐고!"

강의실에서 아이들이 나왔다. 한재희는 내게로 한 걸음 가까이 다가와 낮게 말을 뱉었다.

"걔가 오죽하면 나를 찾아왔겠냐고, 좋게 깨진 것도 아니었는데. 걔네 집이 그랬던 건 너도 알았을 거 아니야. 그래, 나도 신지호 끝까지 못 챙겼다. 나중에 걔가 홱 돈 것 같았을 땐 나도 무서웠다고. 근데 넌, 이지민 넌 그러면 안 되는 거 아니었어? 둘이 되게 뭐 있는 것처럼, 특별한 것처럼 그러고 다녔잖아. 근데 왜 그랬냐? 왜 내버려 뒀냐고!"

엄마는 식탁에 앉아 노트북을 하고 있었다. 빈 컵라면과 김치 그릇을 옆에 두고서. 왜 빨리 왔느냐고, 수업 없었느냐고 묻는 엄마에게 다짜고짜 물었다.

"지호가 우리 집 온 적 있어? 이사 온 뒤에?"

"없어."

엄마는 빠르게 고개를 저었다.

"삼 년 전에, 나 중학교 입학식 날, 그때 나 이모랑 저녁 먹으러 나갔었잖아. 엄만 머리 아프다고 집에 있겠다고 했잖아. 기억나? 그때 지호가 왔었다던데?"

"그런 적 없어. 우리가 없을 때 왔었나 보지. 갑자기 그건 왜. 지호가 연락했어? 그런 거야?"

엄마의 얼굴에서 불안을 읽었다. 아니, 공포를. 그래서 확신했다.

116

"그때 왜 그랬어!"

"아니라고 했잖아. 지호가 연락한 거야? 맞아? 엄만 네가 지호랑 연락 안 했으면 좋겠어."

"엄마!"

엄마는 자리에서 일어났다. 쓰레기 내놓으러 나가야겠다고 딴소리를 했다.

"우리 때문이었어."

나는 말했다. 엄마는 그 자리에 멈춰 섰다.

"우리가 지호를 버린 거야."

왜 엄마에게 우리라고 말했을까. 내 입속에 정말로 있던 말은 내가 버린 거야, 였는데.

"그때 신고했어야 했어. 그랬으면……."

그랬으면 더 나았을까? 지호가 피투성이가 되어 우리 집에 왔던 열 살의 그 밤에 엄마가 경찰에 신고했다면, 지호는 다른 곳으로 갔을까? 누가 좀 더 지호를 잘 돌볼 수 있는 사람이 그 애를 키워 줬을까? 그게 정말로 지호에게 더 나았을까?

왜. 어째서, 어떤 사람은 자격도 없이 아이를 낳고 키우는 것일까?

엄마는 중얼거렸다.

"나는 지호 엄마가…… 인경이가. 불쌍한 인경이가."

식탁 위로 늘어져 있던 검은 머리카락. 부어 있는 손. 누군가는 불쌍하고, 누군가는 절망스럽고, 손 내밀어 도와주어야 하고, 그러다 같이 끌려 들어갈까 봐 그 손을 뿌리쳐야 하고.

우리는 도망쳤다. 지호를 그 집에 버려두고 도망쳤다.

어떻게 봐도, 어떻게 말해도 변명의 여지가 없었다. 타인에게 전가하지 않고서는 감당할 수 없는 고통을 피해 우리는 도망쳤다. 그리고 그 고통은 해소되지 않았기 때문에 어디론가 흘러가야 했다.

나비의 날갯짓이 폭풍이 되듯, 그래서 결국 리하가 그걸 뒤집어쓰게 된 거라면, 어디까지가 나의 책임인 걸까.

나는 식탁 앞에 서 있는 엄마를 두고 무작정 나왔다. 엄마가 뒤에서 불렀지만 대답하지 않았다.

가방도 지갑도 없었고, 핸드폰과 버스 카드뿐이었다. 지하철을 타고 삼십 분 거리에 있는 이모네 집으로 갔다. 이모는 무슨 일이냐고 캐물었고, 나는 지호와 관련된 일이라고 했다. 그러자 이모는 입을 다물었다. 이모는 엄마와 통화를 하는 것 같았고, 얼음이 든 사과 주스와 갈아입을 옷을 꺼내 주었다.

씻고 자리에 누웠지만 신경이 곤두서 눈을 감는 것조차 힘들었다. 어느새 누웠던 그대로 아침이 왔고, 어제 입고 온 땀에 전 교복을 다시 입고 가방도 없이 학교로 갔다.

방학을 앞둔 아이들은 모두 활기차고 걱정 없어 보였다. 저 아이들도 각자의 과거에 묶여 있을까? 답 없는 질문들과 돌이킬 수 없는 잘못들에? 지호도 겉으로 보면 몰랐다. 리하도, 나도 그렇다.

인서와 웃고 이야기했다. 관성대로 반응하고 대답하고 밥을 먹었다. 말들은 유리벽에 막힌 듯 웅웅거렸고 시야도 흐렸다. 그래도 똑같은 하루를 살아 낼 수 있었다.

학교가 끝나고는 늘 그랬듯이 언덕으로 향했다. 버스를 기다리지 않고 걸어서 갔다. 당기는 다리 근육과 차오르는 숨도 한 겹 둔탁하게 느껴졌다. 마침내 언덕 위에 올랐고, 학원 앞에 다다랐고, 학원을 지나쳐 걸었다. 내리막길로, 한 걸음씩 내려왔다.

이 길을 다 내려가고 나면 다시는 언덕 위로 돌아갈 수 없을 것 같은 기분이 들었다.

돌아갈 자격이 없기 때문에. 어떻게든 나도 벌을 받아야 하기 때문에.

그 빌라 앞에 이르렀을 때, 멈췄다. 그때까지는 다온과 보드에 대해서도 잊고 있었다.

뭔가 바뀌어 있었다. 어제 쓰레기가 놓여 있던 장소에 나지막한 벽돌 담이 생겼다. 담이라기보다는 턱. 벽돌을 두 줄 쌓은 높이였다.

빌라 건물에서 한 할머니가 나오더니 그 앞에 섰다.

"이거, 쓰레기 여기다 놓으라고 만든 건가?"

할머니가 내게 물었다.

"어, 모르겠어요. 저 여기 안 사는데⋯⋯."

"어젯밤에만 해도 없었는데, 누가 이렇게 해 놨네."

할머니는 중얼거리며 벽돌담을 꼼꼼하게 뜯어보았다. 시멘트 처리가 허술하니, 크기가 더 컸어야 했다느니 불평을 덧붙이면서.

나는 그 벽돌들에서 다른 의미를 찾아냈다. 이게 있으면 보드를 탈 수 없을 거다. 주차장 쪽에서 내려와도 여기에 걸리면 길을 건너갈 만한 추진력은 얻지 못할 테니까.

누가 이걸 만들었을까? 이렇게 딱 맞는 타이밍에?

그때 벽돌 하나에 붙은 스티커가 눈에 들어왔다. 익숙한 오리 모양 스티커. 텃밭 탁자를 지탱하던 벽돌에 붙어 있던 것과 같았다.

설마, 리하가?

리하의 모습이 선명하게 떠올랐다. 새벽에, 한밤에, 누구도 보지 않는 시간에, 초록색 낡은 수레로 벽돌을 나르는 리하. 다온이 스스로 해결해야 할 일이라 말하던 리하.

내 생각이 맞았다. 텃밭의 탁자 윗부분은 나무에 기대어 있고, 벽돌은 없었다. 텃밭 한 귀퉁이, 비닐 커버에 덮인 채 쌓여 있던 벽돌 무더기도 사라졌다.

리하가 나타난 건 족히 한 시간은 지나서였다.

"왜 벌써 왔어? 내가 늦은 건가?"

리하는 놀란 표정이었다.

"이거."

나는 탁자가 있던 자리를 가리켰다. 뭔가 찰랑찰랑 목까지 차올라 있어서 약간만 흔들어도 입으로 눈으로 넘쳐날 것 같았다.

"아."

리하는 별말 없이 고개를 끄덕였다. 그러더니 바구니에서 포도가 든 반찬통을 꺼내 의자 위에 올려놓았다.

"못 타겠지?"

내가 물었다.

"……그건 모르지."

리하는 길게 한숨을 쉬곤 모자챙을 내렸다.

"예전에 삼촌이 쓰레기 내놓는 자리 그렇게 만드는 거 봤거든. 따라 한 건데 시멘트를 제대로 못 만든 것 같아."

리하는 행동을 했다. 가장 약한 줄 알았던, 보호해야 할 대상인 줄로만 알았던 리하였는데. 내게는 내버려 두라고 말했으면서도 자신은 내버려 두지 않았다.

"시멘트도 아직 다 안 굳었을 거고, 잘못 건드리면 무너질까 봐서……이거 붙여 놓으려고 준비하긴 했는데."

리하는 종이를 내보였다. '손대지 마시오'라고 매직으로 쓰여 있었다. 리하가 말했다.

"지금 거기다 붙여 놓으려고."

"뭐?"

얼떨떨해져서 되물었다. 리하는 모자챙을 올리고 나와 눈을 맞추었다. 약간 긴장한 얼굴로, 리하가 말했다.

"같이 가자."

우리는 함께 텃밭을 나왔다. 아파트 정문을 나와 내리막길을 걸었다. 밝은 여름의 오후에 리하와 함께 텃밭 밖을 걷고 있다는 게 꿈 같았다. 그토록 현실감이 없었다.

리하는 어색해했다. 모자챙을 만지며 눌렀다 올리기를 반복했다.

"낮에 여기로 나온 건 진짜 오랜만인데. 밤에만 다녔거든."

리하의 말들이 나를 쥐어뜯었다. 리하는 달라지고 있었다. 웅크렸던 몸을 펴고 외면했던 세상 속으로 걸어가고 있었다. 나를 믿고서, 나를 의지하고서. 하지만 나는 믿을 만한 사람이 아니었다.

빌라 근처까지 가서 지나다니는 사람들이 없는 타이밍을 기다렸다가 벽돌에 종이를 붙였다. 다시 길을 건너 텃밭 쪽으로 가려고 하는데 위쪽에서 아이들 소리가 들려왔다. 한 무리의 아이들이 이쪽으로 내려오고 있었다. 리하의 표정이 굳었다.

"여기로 들어가자!"

나는 리하의 팔을 잡고, 빌라 옆 잠금장치가 없는 연립 주택 1층 유리문을 열었다. 유리문 옆 벽에 딱 붙어 섰다. 유리문은 갈색으로 코팅되어 있어서 우리를 충분히 가려 주었다.

밖에서 아이들의 목소리가 들렸다.

"아이씨, 갑자기 이게 뭐야. 여기 안 될 거 같은데?"

"그럼 오늘도 못 타?"

"야, 쉿!"

그 애들은 잠시 더 속삭이고, 투덜대었다. 그러곤 잠잠해졌다. 나는 유리문 너머를 조심스레 내다보았다. 언덕을 올라가는 아이들의 뒷모습이 보였다.

"못 타겠네."

리하가 만족스럽게 말했다. 갈색으로 물든 리하의 옆모습. 입가에 걸린 옅은 미소가 더욱 부드러워 보였다. 누군가가 이토록 가깝게, 동시에 멀게 느껴질 수도 있었나.

"할 말이 있어."

리하가 나를 돌아보았다. 경계심이 느껴지지 않는 얼굴이었다. 한 점의 의심도 없이, 나를 믿고 있는 얼굴.

나의 양심은 너무나 작게 말하고 있었다. 거의 들리지 않을 정도로. 그 웅얼거림을 나는 스스로 해석해야 했다.

못 했던 말이 있어. 말하는 게 나은지 알 수 없는 말이.

"나를 지미니 크리켓이라고 불렀던 거, 어린 시절부터 친했던 거."

"어? 아, 〈피노키오〉 같이 봤던 얘기, 그거 말하는 거야? 갑자기 왜?"

"그 선배란 사람 얘기 아니었어. 내가 말한 사람은……."

리하는 어리둥절하게 나를 보았다. 나를 가두고 있던, 그러므로 보호하고 있던 유리벽에 금이 가고 있었다.

"신지호야."

떠밀린 것에 가까웠다. 지금 말하지 못하면 앞으로도 영영 말하지 못할 것 같아서.

최악의 타이밍이었을까? 그러나 나는, 리하가 나를 그렇게 보는 걸 견딜 수 없었다. 그런 목소리로 말하고 나를 믿는 눈빛으로 보는 걸. 언젠간 바스러질 거짓 위에 무겁고 아름다운 것들이 쌓이도록 내버려 둘 수 없었다. 그렇게 나는 이기적이었다. 내가 견디지 못하겠다는 이유로 털어놓았다.

리하는 나를 떠났다. 떠나는 리하의 얼굴이 어떻게 변했는지는 차마 보지 못했다.

나는 깨진 파편 속에 앉아, 스친 상처에서 피를 흘리면서 내가 저지른

짓을 멍청하게 돌아보았다. 신지호, 내 입에서 나오던 가장 편안했었고 가장 생경해진 그 이름을. 그 이름이 리하를 어떻게 찔렀던지를.

몇 분이나 그렇게 있었을까. 저린 다리로 일어나 빌라 유리문을 열고 한 발 내딛다가, 그 앞에 서 있던 사람과 부딪쳤다.

"아, 깜짝이야! 이지민? 너 왜 여기서 나와?"

박서영이었다. 박서영의 짜증 어린 얼굴이 의아한 표정으로 변했다.

"야, 너 얼굴 완전 안 좋다. 오늘 애들 다 상태가 별로네. 재희도 되게 컨디션 나쁘던데. 오늘 보드는 취소해야 할지도 모르겠어."

"보드, 취소된 거 아니야? 여기 못 타게 됐잖아."

멍하니 물었다. 알고 있다는 걸 감추지도 않았다. 박서영은 눈치채지 못했다.

"어, 그러게. 여기 갑자기 이딴 게 생겨서. 아무래도 여긴 텄고, 원래 하던 대로 저쪽에서 탈 거 같아. 사거리 통과하는 코스."

사고가 났던 쪽을 말하는 거였다. 꽃이 놓인 그 자리. 리하의 노력은 수포로 돌아갔다. 이쪽에서 저쪽으로 코스를 바꾸는 결과만을 낳았다.

"근데 있잖아."

박서영이 조심스럽게 말을 걸었다.

"그, 정다온도 보드 탄다는 거 들었는지 모르겠는데, 이지민 네가 걔 좀 말려 봐. 초보는 절대 못 타. 혹시나 신호 어기고 나오는 차 있으면 알아서 피해야 하는데, 예전에는 골목 쪽으로 피할 수 있었지만 거기 막아 놨잖아. 직진해서 끝까지 가야 한다고."

의외의 말이었다. 지금껏 다온을 무시하는 데 앞장서 왔던 박서영이었는데.

"재희도 후회하는 거 같은데, 정다온이 고집 부리잖아. 솔직히 나도 잘한 거 없긴 한데……. 이제 와서 이런 말은 웃기지만, 정다온 진짜 다칠까 봐 걱정되거든. 이지민 네가 어떻게 좀 설득해 봐. 네 말은 듣겠지."

나는 대답하지 않았다. 내 침묵을 어떻게 해석했는지, 박서영은 짧게 한숨을 내쉬곤 먼저 언덕을 올라갔다.

언덕 아래로 내려갔다. 목적지 없이, 빨간 불에 멈추고 초록 불에 길을 건너며 앞으로 계속 걸었다. 가슴이 죄어들어 아무리 허리를 펴도 제대로 숨을 쉴 수 없었다.

리하야. 널 아프게 하고 싶지 않았어. 떠올리게 하고 싶지 않았어.

처음엔 지호 때문이었지만, 지호에게 쏟아지는 화살 가운데 몇 개라도 막아 보려던 것이었지만 너를 알게 된 순간부터 그 모든 게 얽히기 시작했어. 움직이면 조여 와 숨통을 막아 버리는 덫이었어. 이대로 있는 것 외에, 더 이상의 오해나 상처가 생기지 않도록 침묵하는 것 외에, 내가 뭘 더 어떻게 했어야 했을까.

상처 주고 싶지 않았다. 조금의 거짓도 없는 진짜 마음이었다.

그러나 더 큰 상처를 주고 말았다.

잘못했어. 아니야, 옳은 일이었어. 옳다고 해도 그런 식으론 아니었어. 그럼 다른 어떤 방법이 있었는데? 양심이 가르쳐 준 방법이 상처를 헤집을 뿐이라면 그래도 따라야 했을까?

걸음마다 질문에 걸려 비틀거렸다.

답이 나올 때까지 걸어야 한다면, 그렇게 해서 답을 얻을 수만 있다면 발톱이 빠지고 양말이 피에 젖을 때까지라도 걸어갈 텐데.

그 어떤 답도 상처를 낫게 할 수는 없다. 그제야 나는 내가 마주해 왔던 현실을 보았다. 밭에 가는 것만으로도 리하에게 도움이 될 거라 생각했던 나는 얼마나 오만했던가. 얼마나 무지했던가. 얼마나…… 잔인했던가.

산산
조각

사거리 횡단보도 앞, 밥버거 가게 옆 어두운 주차장 안쪽에 쭈그리고 앉았다. 언덕 위에서는 보이지 않을 위치였다. 마찬가지로 이쪽에서도 그쪽을 볼 수 없었다. 산에서 내려오는 습한 냉기 때문에 여름 같지 않게 차가웠다. 어둠에 눈이 익자 주차장 안쪽에 쌓인 타이어와 포대 자루가 보였다.

모르는 동네까지 쭉 걸어가서, 처음 가 보는 도서관에 들어가 폐관 시간까지 열람실에 엎드려 있다가 이쪽으로 돌아왔다. 머릿속으로는 온갖 상상으로 스스로를 단죄했지만 현실의 나는 고작 그 정도였다.

밤 열한 시 반. 위쪽 편의점은 이미 닫았을 시간이었지만 길 건너 새 편의점은 밝았다. 편의점의 넓은 창 너머로 진열대가 환하게 보였다. 언덕 위 편의점과는 비교가 되지 않을 정도로 많은 종류의 컵라면들이 쌓여 있었다. 붉고 노란 둥근 포장지들이 부릅뜬 눈처럼 보였다.

나는 다시금 뭔가를 하려고 했다. 리하가 말했던, 보드를 멈추게 할 수 있는 유일한 방법. 차 사고를 내서 보드도 못 타게 만드는 것. 누군가 다쳐야만 끝나는 일이라면 내가 다치면 된다. 그게 내 결론이었다.

다온의 선택에 대해서는 도망가는 거라고 비난해 놓고서 똑같은 결론을 냈다. 그런 내가 싫었다. 싫기 때문에, 더 그렇게 해야 했다. 그렇게 나는 다온의 마음을 절실하게 이해했다.

마음을 먹었어도 몸은 마음대로 움직여지지 않았다. 차가 지나갈 때 몇 번이나 앞으로 뛰어가려 했지만 발이 바닥에 달라붙어 있는 듯 무거웠다. 차라리 눈을 감고 뛰어드는 게 확률이 높을 것 같았다.

나는 눈을 감고, 차 소리를 기다렸다. 엔진 소리가 가까워지고, 멀어지고, 다시 가까워질 때 저린 다리를 펴고 앞으로 박차고 나갔다.

그 순간.

"미쳤어?"

누가 내 옷자락을 확 잡아당겼다. 끼익, 요란하게 멈추는 바퀴 소리. 욕하는 소리. 차는 그대로 가 버렸다. 나는 부딪치지 않았다.

"왜 이래, 진짜!"

리하였다. 리하가 창백한 얼굴로 내 옷을 붙잡고 있었다. 심장이 떨어지듯 놀랐고 그 반동으로 눌러놓았던 말과 감정이 튀어나왔다.

"너 때문이잖아! 너 때문에 이렇게 한 거잖아!"

분노와 억울함과 서운함이 뒤섞여 눈물이 솟았다.

엉망진창이라고 생각하겠지. 미친 애인 줄 알겠지. 내가 봐도 그러니까. 뭐가 또 리하 때문이야. 그렇게 말하면 안 되는 거였다. 리하가 다시 나를 안 보겠다고 해도 당연한 거다. 내가 리하라 해도…….

그러나, 리하의 반응은 전혀 예상하지 못한 것이었다.

리하는 다가와 나를 두 팔로 감싸 안았다. 따뜻했다. 흙냄새가 났다. 태양의 냄새. 지금은 밤인데. 사방은 습하고 차가운데, 왜 이 아이에게선 이렇게 따뜻하고 포근한 냄새가 날까. 텃밭의 냄새가.

"……말하지 말지 그랬어."

리하가 작게 말했다.

미안해. 나도 후회해. 하지만, 다른 선택이 있었는지 모르겠어. 너한테 미리 물어볼 수 있는 문제였다면 좋았을 거야. 솔직히 말하길 바라는지 묻어 두길 바라는지 묻고 그대로 따를 수 있었다면 좋았을 텐데.

"거기 밑에 뭐야!"

언덕 위에서 누가 소리쳤다. 달려오는 발소리, 사람 그림자.

리하는 팔을 풀고 길을 뛰어 건넜다. 언덕 위로 향하는 골목으로, 그늘 속으로 사라졌다.

내려온 것은 한재희와 박서영이었다. 한재희가 날 보고 화를 낼 거라고 생각했다. 하지만 아니었다.

"뭐야? 무슨 일 있었던 거야? 방금 차 소리 났는데."

박서영이 물었고, 한재희는 나를 뚫어져라 보다가 갑자기 말했다.

"정다온 좀 데려가. 부탁이야."

"뭐?"

"괜히 허세 부리는 건 줄 알았는데, 진짜 타 보겠다고 저래. 저러다 정말 큰일 날 거 같다고. 사과든 뭐든 다 받아들이겠다고 해도 말을 안 들어. 내가 미안하다고 했는데도."

그제야 한재희의 얼굴이 악몽을 꾼 어린아이처럼 겁에 질려 있는 게 보였다.

버스 정류장 앞에는 아이들이 열 명가량 몰려서 있었다. 정류장 벤치 밑에 숨긴 보드들이 보였다. 상가의 가게들은 모두 문을 닫아서, 정류장의 가로등만이 유일한 불빛이었다.

"밑에 무슨 일이었어? 어? 이지민?"

학원 애들이 나를 알아봤다. 뒤돌아 있던, 후드를 눌러쓴 애가 이쪽을 돌아보았다. 다온이었다.

설득하는 건 불가능할 거라 생각했다. 말도 못 꺼내게 할 거라고. 하지만 다온은 나를 보자마자 다가와 내 팔을 붙잡고 학원 입구 쪽으로 걸어갔다. 아이들이 대화를 듣지 못할 정도의 거리였다.

"너 정말 신지호랑 친해? 아니지? 한재희가 부풀린 거지?"

머리를 한 대 얻어맞은 것 같았다.

"애들이 어제 너랑 한재희가 싸우면서 그런 말 했다고 하던데. 네가 신지호랑 어떻게…… 중학교는 아니고, 같은 초등학교 다닌 건가? 얼굴 정도만 아는 사이지? 친한 건 아니고?"

다온은 절박하게 물었다.

다시금 나는 양심의 목소리를 들어야 했다. 아니라고 하면 다온의 마음이 편해지겠지. 그러나 그것은 거짓이다.

"맞아. 친한 거."

입술이 마구 떨렸다.

"나를 지미니 크리켓이라고 불렀던 거, 그게 신지호야."

다온은 믿지 못했다.

"선배가 그랬다며, 그거 선배잖아, 〈피노키오〉 같이 봤던 거! 그게 왜 신지호인데!"

더듬더듬, 나오는 대로, 나는 말했다.

처음부터 잘못되었어. 네가 착각한 거야. 편의점에서 그 애들이 한 말을 문제 삼았을 때, 나는 지호의 편에서 이야기한 거야. 내가 말했던 건 다, 지호의 이야기였어……

텅 빈 버스가 느린 속도로 올라와 정류장에 멈추었다가 다시 떠났다. 다온은 멍한 눈빛으로 내 머리 위 어딘가를 보고 있었다. 숨 막히는 순간이 지나고, 다온이 애써 가다듬은 목소리로 말했다.

"우리하한테는 절대로 비밀로 해. 걔가 알면 안 돼."

"리하도 알아. 내가 말했어. 아까 오후에 만났는데……"

"미쳤냐, 진짜?"

다온은 소리를 질렀고, 뒤쪽에 있던 애들이 황급히 다가왔다.

"야, 정다온, 조용히 해. 너 때문에 들키겠어. 어쩔 거야? 탈 거야, 말 거야? 이제 준비해야 해."

다온은 거친 손길로 애들을 밀어냈다. 평소의 다온이라면 상상도 못할 태도였다.

"일단, 리하하고 만나서…… 다시 이야기하자."

다온은 머리카락을 쥐어뜯듯 헝클이며 말했다. 나와 다온은 길을 건 넜다.

"정다온! 어디 가? 진짜 안 탈 거야?"

누가 물었지만 정다온은 그쪽을 보지도 않았다.

"가게 둬."

한재희의 목소리가 들렸다.

리하는 텃밭의 어둠 속에 앉아 있었다. 모자 없이 맨얼굴로. 모자를 벗은 리하의 모습은 처음이었다.

리하 앞에 놓인 빈 의자에 앉았다. 테이블도 없어 너무 가까웠다. 우리는 아무 말도 하지 않았지만 사방은 조용하지 않았다. 언덕에서 들려오는 차 소리와 보드 바퀴 구르는 소리, 억누른 환호 소리가 연이어 들려왔다.

다온은 몇 번이나 말을 꺼냈다 삼켰다. 꺼낸 말은 언제나와 같은, 사과였다.

"이건 내 잘못이다. 내가 착각한 거야. 너네 둘 모두에게 내가 미안해."

꾹 누르는 목소리로, 다온은 내 편을 들어 주려 했다.

"이지민은 여기 올 때까지 너 만날 줄 몰랐어. 내가 말 안 하고 데려온 거고……. 하아."

다온이 한숨을 쉬었다. 무슨 말로 이어갈지 모르는 것이 당연했다.

"여기서는 밖에서 나는 소리가 잘 들려."

갑작스레 리하가 말을 시작했다.

가로등의 주황색 불빛과 나뭇가지 그늘 때문에 리하의 얼굴은 얼룩진
것처럼 보였다. 리하는 눈을 내리깔고, 무릎 위에 놓인 모자를 만지작거
리고 있었다.

"그날도, 소리가 엄청 잘 들렸거든."

원래는 여기 말고 학교 쪽에…… 아니, 그런 거까지 말할 필요 없겠
지. 학교까지 안 가면 이쪽이었어. 저 위에, 재활용 쓰레기 모아 두는
데, 거기였어.

걔네가 꼭 앞서 걸어갔어. 나는 따라가고. 안 따라갈 수도 있는 거였
는데, 안 따라갈 수 없는 거였어. 나중에 경찰이 물어봤었거든. 씨씨티
비를 봤다고, 왜 따라갔냐고. 그게, 그 질문이 말이 된다고 생각해? 그
걸 선택할 수 있는 거였으면 처음부터 그런 일은 없었을 거라고.

뒤따라갈 때, 신지호 가방에 달려 있던 피노키오 인형 본 적 있어. 어
울린다고 생각했었나. 거짓말쟁이 피노키오. 인간도 아닌 거.

그날 밤엔 할머니가 유독 늦게까지 티비를 봤던 게 생각나. 할머니가
자러 들어가야 나갈 수 있는데, 너무 초조했었어. 늦어서 그랬나. 그날
따라 심했어. 하긴 매번 오늘따라 심하다고 생각하긴 했지.

그럴 때면 하나만 생각했어. 빨리 끝나라. 아니면 무슨 일이라도 일어
나라. 누가 지나가다 날 구해 주거나, 벼락이라도 쳐서 모두 불태워 버리
거나.

제발, 뭐라도, 전쟁이라도 일어나라고 빌었어.

근데, 그날은 진짜로 큰 소리가, 부딪치는 소리가 났어. 차가 브레이크

밟는 끽 소리, 우장창하며 깨지는 소리, 비명 소리.

모든 게 멈췄어. 그 애들은 자기들끼리 뭐라고 말을 주고받았고, 어디론가 뛰어갔어. 멀리서 사이렌 소리가 났고.

애들이 가 버렸다는 걸 확신하자마자 도망쳤어. 발목이 돌아갔는데도, 아픈 줄도 모르고, 막 뛰어서, 여기로 와서, 자물쇠를 풀 정신도 없어서 담을 기어올라 넘었어. 구르고 넘어지면서 밭까지 왔어. 풀 속에 숨었어. 누구도 나를 발견하지 않기를 바라면서. 만일 여기까지 따라오면, 도로 쪽으로 뛰어내릴 거라고 결심하면서.

그러다가 깜박 잠들었어. 정신을 잃었던 거일 수도 있고. 너무 춥고 아파서 깼을 때는 새벽이었어. 비까지 왔었거든. 겨우 집에 왔는데, 열 나고 아파서, 계속 아파서…… 연락이고 뭐고 하나도 못 봤고. 근데 그날 저녁에 담임이 집까지 찾아온 거야. 상담 쌤이랑 같이.

되게 나중에 알았어, 그날 무슨 일이 있었던 건지.

내가 그렇게 일어나라고 바랐던 뭔가 일어났던 거야.

만일 그 사고가 없었더라면, 그날 나는 어떻게 되었을까. 똑같은 날들이 반복되다가 마침내 소문처럼 되었을지도 모르지.

그 사고 덕분이었어. 그런 일이 없었으면, 내가 죽었을 거야.

"정말로, 죽었을 거야. 그 뒤로도 죽으려고 했던 적이 많았는데, 그때마다 그 소리가 생각났어. 끼익, 하는 바퀴 미끄러지는 소리와 부딪치는 소리. 비명 소리. 사이렌 소리. 그러고 나면 죽고 싶은 마음이 사라졌어. 아마도, 그 순간에 나도 정말 죽은 건지도 몰라. 이미 죽은 거니까 또

134

죽을 필요는 없지……."

"우리하, 지금 무슨 얘기 하는 거야."

다온이 자리에서 일어났다. 의자가 뒤로 넘어갔다.

"그래서 꽃을 두는 거야."

리하가 말을 맺었다. 다온이 소리쳤다.

"야, 지금 그게 무슨……. 선배랑 아는 사이라면서!"

"도움을 받았다고 했지. 안다는 건 아니었어."

"도움? 야, 누가 죽었어. 죽어서 널 도왔다는 거야? 죽은 게 너한테 잘된 일이었다는 거야?"

"너한테는 미안하다."

리하가 짧게 말했다.

다온은 발을 굴렀다. 팔을 휘둘렀다. 손발을 어떻게 해야 할지 모르는 사람처럼, 밭을 저만큼 가로질러 걸었다가 돌아왔다.

"너희 둘 다…… 내가 선배 얘기할 때 니들은 무슨 생각 했냐, 웃겼어?"

"아니야, 정다온……."

"그래, 그 정도로 막장은 아니었겠지. 그래도, 아무 느낌 없었을 거잖아. 모르는 사람이니까. 나는, 너희가, 여기가, 진짜 다르다고 믿을 수 있다고 생각했는데!"

다온은 불덩이를 들이켜기라도 한 것처럼 거칠게 숨을 내쉬며 이리저리 걸어 다녔다. 다온의 발에 새로 심은 배추 모종이 밟히고, 고추와 가지 줄기가 부러져 넘어갔다.

"이건 뭐야!"

다온은 토템을 발로 찼다. 토템은 끄떡없었고, 다온은 세차게 발길질을 해 댔다. 그토록 정성 들여 만들었던 토템이 부서지고 있었다.

반짝, 다온의 손안에서 작은 빛이 튀어나왔다. 늘 탁자 위에 올려져 있던 그 라이터였다. 다온은 불 켜진 라이터를 토템에 갖다 댔다. 어둠을 뚫고 주황 불꽃이 솟아났다. 불은 순식간에 토템을 감싸고 타올랐다. 뜨거운 열기가 확 끼쳐 왔다.

"정다온!"

리하가 소리쳤고, 다온은 반사적으로 뒤로 물러섰다.

공간이 왜곡되기라도 한 것처럼 불이 거대해 보였다. 밭을 다 삼켜 버릴 듯 높고, 밝고, 위협적이었다.

리하가 호스의 물을 틀었고 다온이 호스 끝을 잡아 토템에 뿌렸다. 그러다 호스를 놓쳤다. 내가 호스를 바로 잡았다. 토템은 세찬 물줄기에 넘어갔지만 비닐하우스 쪽으로 불이 옮겨 붙었다. 리하는 불길 위에 비료 포대기를 마구 쳐 댔다. 나는 호스 줄기에 발이 걸려 넘어졌다. 다온이 달려와 호스를 잡았는데, 그때 다시 토템에서 불길이 치솟았다.

물. 불꽃. 흙. 손에 잡히는 대로 휘두르고 넘어뜨리고 덮었다.

마침내 불은 꺼진 것처럼 보였다. 그러나 연기가 엄청 나왔다. 뿌연 연기가 봉화처럼, 어딘가 신호를 알리는 것처럼 검고 맑은 하늘로 솟아올랐다.

"저렇게, 불이 잘 붙을 줄 몰랐어."

다온은 넋 나간 사람처럼 중얼거렸다.

"비닐에 종이에 플라스틱인데, 당연하지!"

리하가 쉰 목소리로 말하곤 세차게 기침을 했다.

그때 사이렌 소리가 들리기 시작했다. 우리는 멈췄다. 머릿속이 하얘졌다. 리하가 들었던 사이렌 소리. 시간을 거슬러 올라가서 그 밤에 우리가 도착한 것 같았다.

텃밭 아래 도로 쪽에서 사람 소리가 났다. 거기 누구 있냐고 소리쳐 물었다.

먼저 정신을 차린 건 리하였다.

"누가 신고했나 봐. 빨리 나가, 집에 가. 여긴 내가 알아서 할게."

"그게 무슨……."

"일이 복잡해질 거야. 난 상관없어, 너희들은 아니잖아. 변명의 여지가 없다고. 빨리 가, 그러니까!"

"말도 안 돼. 내가 한 건데, 내가 만들었고……. 아니, 어쨌든, 내가 책임을 져야지."

다온은 횡설수설하면서도 떠나지 않겠다는 의사를 확실히 했고, 둘을 보면서 나도 마음을 정했다.

"야, 이지민! 너라도 가, 그럼!"

리하는 거의 애원하듯 내게 말했다.

"있을 거야."

다온은 내 어깨를 아플 정도로 세게 움켜잡았다.

"이지민, 너는 진짜 아무것도 안 했잖아. 그냥 가, 어?"

나는 대답하지 않았다. 리하는 소리를 질렀다.

"그러지 말고 나가라고! 정다온 이 미친 새끼야, 왜 그랬어!"

리하도 화를 내고 다온도 화를 냈다. 나에게, 서로에게. 소리를 지르고, 짜증을 내고, 비난했다. 왜 거짓말을 했냐고, 사람 우습게 만들고 좋았냐고. 나도 말했다. 아무 말이나 했다. 사이렌이 점점 가까워져서 서로의 말이 들리지 않게 될 때까지, 우리는 서로에게 소리 지르고, 울고, 화를 냈다.

어두웠고, 연기 냄새가 지독했고, 시끄러웠다. 그래서 다른 무엇으로 마음을 누르거나 가릴 필요가 없었다.

용서의
시작

지구대는 밝고 시원했다. 시원하다 못해 추웠다. 온몸이 다 젖은 탓이었다. 조명이 너무 밝아서 현실 같지가 않았다. 분주히 오가는 경찰들도, 지구대 안 모습도 영화 속 같았다.

우리가 싸우고 있는 동안 울타리를 넘어 아파트 주민 몇이 내려왔고, 경찰차가 텃밭 앞에 도착했다. 서로 책임을 지려 다툴 것도 없이 순식간에 함께 경찰차에 태워졌다.

우리 엄마와 이모가 제일 빨리 왔다. 나중에 알았지만 엄마는 이미 학원 쪽에 와 있었다고 했다. 이모와 함께 내 행방을 묻고 다니고 있었다고. 다온의 부모님이 그다음이었다.

다온의 엄마와 아빠는…… 다온에게 화를 냈다. 걱정 끼친 자식을 대하는 정도의 수준을 넘어서 다온을 저주하고 욕했다. 그럴 줄 알았다고 실망스럽다고 했다. 이 일 때문에 폭발한 게 아니라 원래 그런 상태인 것처럼 보였다.

우리가 진술서를 다 쓸 때까지도 리하의 보호자는 오지 않았다. 대신 아파트 부녀회장이라는 사람이 왔다. 그 사람은 리하를 보고 호들갑을 떨고 텃밭 얘기에 난리를 피웠다.

"할머니 돌아가셨으니 닫아 놓은 줄 알았지, 거기 애들이 들어가 그럴 줄 누가 알았겠어요. 애, 리하야, 네가 그러면 안 되지! 삼촌한테 연락은 했어? 삼촌 지금 서울이야? 아님 대전에 계셔?"

할머니가, 돌아가셨다니. 무릎에 고개를 파묻고 있던 다온이 고개를 확 들었다. 리하는 눈을 내리깐 채 아무 말이 없었다.

부녀회장은 리하가 얼마나 가엾은지에 대해 커다란 목소리로 구구절절하게 설명했다.

"형사님도 자식 있으시지요? 얼마나 원통하고 속이 문드러졌을지 아시겠지요?"

"저는 형사가 아니고요, 아이고, 알았으니까 좀 진정하세요!"

지구대 조명이 그렇게 밝지 않았다면 좋았을 텐데. 약간의 그늘이라도 있어 리하의 얼굴을 가려 주었으면 좋았을 텐데. 나는, 한 뼘의 그늘조차 되지 못한 나는 리하의 옆에 앉아 있는 것밖에 하지 못했다.

경찰관이 서류와 펜을 들고 우리에게 물었다.

"그래서, 너희는 무슨 관곈데?"

"친구예요."

내가 말했다.

"친구?"

경찰들이 서로를 바라보았다. 경찰 가운데 한 명이 리하를 향해 한 톤 올린 밝은 목소리로 물었다.

"작년에 나랑 얘기한 적 있는데. 기억하니?"

리하는 고개를 끄덕였다. 경찰이 말했다.

"안심해도 된다. 솔직히 말해도 돼. 아, 일단 자리부터 분리하고……."

경찰은 리하를 일으켜 안으로 데리고 가려고 했다. 리하는 멈춰 섰다.

"왜 그러시는 건데요?"

"괜찮아, 눈치 볼 거 없어. 들어가서 이야기하자. 여기는 안전하니까."

그러니까, 우리를 의심하고 있는 거였다. 다온과 내가 리하를 괴롭힌 것은 아닌지. 리하는 '피해자'니까, 우리가 '가해자'일 가능성을 보고 있는 거였다.

"그런 거 아니에요!"

나는 소리를 질렀다. 내가 오해받아서 화가 난 게 아니었다. 리하에게 씌워진, 리하를 가둔 그 틀을 부숴 버리고 싶었다.

"지금 우리 애가 뭘 어쨌다고 그러는 거예요!"

그때까지 죄인처럼 고개를 숙이고 있던 엄마가 목소리를 높였다.

"다들 그렇게 말하지요."

경찰은 심드렁하게 말했다. 그리고 그 순간.

다온의 아빠가 다짜고짜 다온의 뺨을 내리쳤다. 옷이 찢어지는 것 같은 거친 소리가 났다.

다온은 뺨을 쥐고 의자 위로 쓰러졌고, 다온의 아빠는 한 번 더 손을 들었다. 미친 새끼, 뭐 하고 다녔냐, 그런 말들이 터져 나왔다. 다온의 엄마는 말리지도 않았다.

"때리지 마요!"

리하가 자리를 박차고 일어나 그 남자의 팔을 잡았다. 남자는 리하를 밀쳤고, 경찰이 끼어들었다. 혼란, 눈물, 고함.

나도 일어났다. 엄마가 내 옷을 잡았지만 뿌리쳤다. 나는 쓰러진 의자를 붙들고 다온을 감쌌다. 다온과 눈이 마주쳤다. 다온은 희미하게 웃었다.

옷은 세탁해도 흙물과 검댕이 빠지지 않아 버려야 했다.

많이 혼나지는 않았다. 엄마는 리하가 누구인지 알게 되었고, 그래서 나에게 뭐라고 할지 모르는 거 같았다.

학교는 하루 쉬었다. 어차피 곧 방학이었다.

인서에게만 연락했고, 인서는 어제 오늘 무슨 일이 있었는지 보고하듯 문자를 보내다 전화를 했다. 정다온의 아빠와 엄마가 학원에 와서 한바탕 뒤집고 갔다고 했다. 어땠을지 짐작이 갔다.

"정다온 돌연변인가 봐. 엄마 아빠는 장난 아니던데. 학교에서도 그러고 온 거래. 당장 학원 옮길 거라고, 이런 엉망진창인 데 자기 아들을 둘 수 없다더라."

한재희가 다온과 문제가 있던 당사자로 불려 나왔고, 한재희는 모두 자기 잘못이라고 했다고 한다. 자기가 정다온을 좋아했고, 뜻대로 안 되어서 괴롭혔고, 정다온이 너무 스트레스 받았던 거 같다고.

142

언덕 보드에 대해서는 약속이라도 한 듯 아무도 말하지 않았다고 했다. 단지 언덕 보드를 지키고 싶어서 입을 다물기로 한 것일지도 모르지만 결론적으로 다온은 보호되었다. 다른 누구가 아닌, 다온의 부모로부터. 다온이 밤에 보드를 타려 했다는 것까지 그들이 알았다면 다온을 어떻게 밟고 쥐어짰을지 모른다.

리하는, 알려졌다. 정다온과 이지민, 그리고 우리하가 있었다는 것까지 소문이 났다고 했다. 정다온과 이지민이 도대체 왜 그 '피해자'와 함께 있었는지에 대해선 온갖 추측이 돌았고, 가장 유력한 것은 '친절한' 정다온이 우리하를 돌봐 주려고 했고, 이지민은 정의로운 척 정다온을 도운 것이라는 설이었다. 아주 틀린 말은 아니었다. 우리 셋이 진짜 어땠는지는 어차피 짧게 설명할 수 없을 것이었다.

인서는 캐묻지 않았다. 복잡한 일이었겠다고만 말했다. 고마웠다.

"괜찮아?"

인서가 물었다.

나는 결코 괜찮지 않았다.

자다가도 일어나 앉는다. 목에 뭐가 걸린 것 같다. 아무리 삼켜 버리려 해도, 아니면 뱉으려 해도 그렇게 되지가 않는다. 밥을 먹기도 힘들다. 글자도 영상도 눈에 들어오지 않는다.

혼나서? 큰일을 당해서? 학교에까지 알려져서? 아니다.

너무나, 격렬하게, 강하게, 어떤 부사를 붙여도 부족할 정도로.

그 애가 보고 싶었다.

토요일 오후에 다온이 먼저 내게 연락을 했다. 나는 학원도 가지 않고 있었고, 다온은 아예 학원을 끊었다고 했다.

"나는 계속 다니고 싶었는데, 상황이 그렇게 안 되네. 아, 우리 만나서 이야기하자. 거기, 도서관 앞 정자에서 봐."

엄청나게 덥고 습한 날씨였다. 다온이 정자에 없어 약간 헤맸다. 다온은 도서관 서가 구석에 있었다. 애들이 자꾸 잡기 놀이 하자고, 술래 하라고 졸라서 숨어 있었다고 했다. 우리는 도서관 옥상으로 올라가 얼마 안 되는 그늘에 서서 이야기했다. 다온은 평소와 똑같은 태도로 미안하다는 말부터 했다.

"괜히 너까지 끌어들였어. 미안하다."

다온은 자기 엄마 아빠 얘기도 했다. 지구대에서 있었던 일들에 대해 설명하려고 애쓰다가 포기한 듯 목소리에 힘이 풀렸다.

"됐어, 원래 그래. 나보다 중요한 게 많은 사람들이거든."

숨기고 싶었을까.

"되게 웃겼지?"

"안 웃겼어. 그게 왜 웃겨."

웃어넘기는 게 제일 편하다는 걸 알지만, 그 정도는 별거 아니라고 생각하는 게 마음 편하겠지만, 그런 식으로 가볍다 착각하다 보면 나중엔 무게에 눌려 질식할 수도 있다.

"제일 싫은 건 뭔지 알아? 그게 다 나라는 거야. 내 주변에 온갖 것들, 내게서 뻗어 나간 거, 나에게 엉겨 붙는 거, 그거 다 합친 게 나라고. 끔찍하지 않아?"

"그거 다 합친 너도 안 끔찍해. 그냥 너야. 다를 거 없어."

내 말에 다온은 입꼬리만 끌어올려 웃는 표정을 만들었다. 눈은 하나도 웃고 있지 않았다.

다온도 그동안 리하네 할머니 돌아가신 건 몰랐다고 했다. 의심조차 안 했다고.

잠깐의 어색한, 그러나 조급하지는 않은 침묵 끝에 다온이 물었다.

"넌, 그…… 신지호랑 연락해?"

"아니. 연락해 보긴 했는데, 답이 없어."

"……많이 친했어?"

고개를 끄덕였다. 다른 말은 덧붙이지 않았다.

"네가, 걔의 양심이었다는 거야? 야, 그건 모르겠다."

다온이 아는 지호와 내가 아는 지호는 너무나 달라서 같은 선상에 놓을 수조차 없을 것이다. 전에는 그런 사람들에게, 너희가 아는 게 전부가 아니라고 소리치고 들이밀고 싶었다. 편협하고 잔인하다고 욕하고 싶었다. 하지만 이제는 너무 많은 걸 알게 되었다.

"내가 한재희랑 깨질 때 이유가 그거였어. 한재희가 신지호네 무리하고 친한 거."

다온이 털어놓듯 말했다.

"사실은 핑계였지. 한재희는 원래 사람 잘 안 가리고 아무하고나 다 적당히 잘 지냈으니까. 차라리 다른 이유를 댈걸. 한재희는 엄청 화냈어. 나더러 사람 꼬리표 붙여서 차별한다고 그러더라. 사실 맞는 말이었지."

그래서 한재희는, 지호의 친구인 내가 다온과 가까워지는 걸 참을 수

145

없었던 거였다.

나는 지호의 이야기를 했다. 한재희가 내게 해 준 이야기까지. 다온은 들어 주었다.

이야기의 끝은 리하에게 닿았다. 다온은 내 시선이 미치는 곳, 아파트가 있는 언덕 위를 바라보며 말했다.

"올라가 볼까."

텃밭 자물쇠는 주먹만 한 열쇠 자물쇠로 바뀌어 있었다. 철망에는 빨간 접근 금지 테이프와 절대 들어가지 말라는 경고문이 붙어 있었다.

다온은 리하가 전화도 받지 않고 문자에도 답이 없다고 말했다.

다온과 내가 그 앞을 떠나지 못하고 서성이자 벤치에 앉아 있던 할머니들이 말을 걸었다.

"거긴 왜? 거기 불났었어, 못 들어가!"

우리는 머쓱하게 놀이터 쪽으로 물러났다.

할머니들은 심심한데 잘 되었다는 듯 텃밭 이야기를 했다.

"나는 그 집 손자가 아직도 저기 오가는 줄 몰랐네……. 할매 돌아가신 지 일 년도 넘었지?"

"아니지, 가을인가 겨울에 가셨으니까 아직 일 년 안 됐지. 텃밭은 세탁소 주인이 정리한다고 했었거든. 그래서 그 집 애가 드나드는 줄 알았지, 할매 손자였는 줄 몰랐어. 몇 번 봤음서도."

"난 알고 있었어."

세 번째 할머니가 툭 끼어들었다.

"할머니 생각해서 그러나 했지. 애가 착해. 옆집이라고 토마토도 갖다 주고 감자도 캤다고 주고 하대. 기특하지."

첫 번째 할머니가 말을 끊었다.

"기특하긴? 아파트 물 끌어다 쓰는 건데, 그럼 안 된다고 말 얼마나 많았는데. 할매가 하도 난리 치니까 돌아가실 때까지 다들 참은 거지."

할머니들의 대화가 잠깐 멈춘 사이에, 다온이 세 번째 할머니를 향해 물었다.

"할머니, 저기 밭 하던 애가 할머니 옆집 살아요? 우리는 그 애 친군데요, 걔가 지금 연락이 안 되어서요."

다온은 특유의 친화력을 발휘해서 리하네 집이 몇 동 몇 호인지를 알아냈다.

"그래도, 갑자기 찾아가는 건 좀."

우리는 먹을 거라도 사서 리하네 집 앞에 두고 오기로 했다. 편의점에서 라면과 즉석밥, 사이다, 과자 같은 걸 사서 다시 아파트 쪽으로 올라왔다. 다온이 리하에게 문자를 보내 놨다고 했다.

문 앞에 짐을 놓고 돌아가려는데 띠릭, 문이 열렸다.

"들어와."

리하였다.

리하의 집은 어둑어둑했다. 현관에 들어서자 바로 부엌이 보였고, 안쪽 거실은 커튼을 쳐 놓아 어두웠다. 방들이 다 그랬다.

"삼촌 없을 땐 거실에 아예 안 가. 내 방이랑 부엌만 써."

우리는 식탁 의자에 둘러앉았다. 부엌은 흐트러져 있어서 그래도 사람 사는 생기가 돌았다.

리하는 우리가 들고 온 건 옆으로 치워 두고 상을 차렸다. 냉장고와 김치냉장고에서 먹을 게 끊임없이 나왔다. 어제 끓였다는 된장찌개에 차가운 새우 샐러드, 오이무침, 호박잎 찐 것과 오리 불고기. 옆집 할머니가 담근 김치만 빼고 전부 리하가 직접 만든 것이라고 했다. 후식은 밭에서 딴 블루베리와 수제 요거트와 수박화채였다.

"너 되게 잘 먹고 산다."

다온이 감탄했다. 리하는 집에서 하루 종일 요리 유튜브만 본다고 했다. 처음엔 할머니 대신 반찬이라도 해 볼 마음으로 찾아본 건데 만들다 보면 시간이 잘 흘러서 계속하게 되었다고.

"그럼 텃밭에 가지고 왔던 게 다 네가 했던 거야? 진짜 대단하다, 야."

당연히 리하네 할머니 솜씨인 줄 알고 먹었던 샌드위치와 주먹밥까지도 다 리하가 만든 것이었다. 약간씩 어설프게 느껴졌던 것도 그 때문이었다.

"삼촌이 재료비는 넉넉하게 주거든. 내가 뭐라도 하는 게 삼촌 입장에서도 나으니까. 삼촌 오면 일주일 치 밑반찬 싸 보내는데, 그래도 남아. 너희가 먹어 주니까 좋더라고."

리하가 담담하게 말했다.

리하는 바로 상을 치우고 설거지를 했다. 돕겠다고 해도 싫다며 거절했다. 괜찮다가 아니라 싫다여서, 더 말 안하고 식탁에 앉아 리하의 뒷모습을 바라보기만 했다.

줄지어 서 있는 양념통, 그릇 건조대 위에 쌓인 그릇들. 굽은 등과 늘 입는 회색 바지.

"가만히 앉아서 말만 하는 거 잘 못 해. 뭐라도 해야 마음이 놓여."

리하가 고무장갑을 벗으며 말했다. 다온은 뭐 할 거 있음 같이 하자고 했고, 리하가 고구마줄기 삶은 것을 가져왔다. 텃밭에 못 들어가게 되어 시장에서 사 왔다고 했다.

"야, 미안하다. 진짜. 나 때문에 못 먹게 되었네."

다온이 말했고, 리하는 고개를 저었다.

"됐어. 그 밭, 사실 엉망이었어. 너네는 몰랐겠지만, 호박도 다 썩었고 땅콩은 손도 못 댔어. 언제 따면 좋을지도 사실 몰라. 흉내만 낸 거지. 잡초 뽑는 거 말고는 할 줄 아는 것도 없었어. 그게 제일 확실한 일이었으니까."

잘못된 걸 숨어 내는 건 쉽다. 잘되도록 만드는 건 너무 어렵다. 적절한 타이밍에 물과 비료를 주고, 꽃을 따거나 가지치기를 하고, 나머지는 운에 맡겨야 하고.

리하는 고구마줄기에서 얇은 껍질을 벗겨 내면서 할머니에 대해 말하기 시작했다.

"할머니와 그렇게 가까웠던 건 아니야. 사이가 안 좋은 편이었어. 할머니는 엄청 깔끔하고, 요리도 잘하고, 식물도 잘 키우고…… 그랬지만 다정한 분은 아니었거든. 나한테 딱히 바라는 것 없고, 궁금한 것도 없고, 뭘 시키는 법도 없고."

한번은 텃밭 옆 나무를 잘라서 정리해야 했는데 할머니가 리하에게는 말도 안 하고 혼자 다 톱으로 자르고 옮겼다고 했다. 옆집 할머니는 리하가 같이한 줄 알고 수고했다 기특하다 칭찬을 했고, 리하는 그 상황을 어떻게 받아들여야 할지 모르겠더라고 했다.

"할머니한테 나는 뭘까, 싶었어. 그래서 내게 무슨 일이 있는지, 있었는지 말할 수 없었고. 할머니는 자기 병을 숨겼으니까, 샘샘인가."

고구마줄기를 벗기다 보니 손끝이 따끔거리고 손톱 밑에 검게 물이 들었다. 리하가 그만하라고 했지만 그냥 계속했다.

"불은 왜 지른 건데."

리하가 불쑥 물었다. 다온은 고구마줄기를 내려놓았다.

"그러게. 너희가, 내가 아는 대로의 너희가 아니라는 거에 왜 그렇게 열 받았을까 모르겠어. 그냥 나는 거기가…… 텃밭이 좋았어. 거기선 새롭게 시작하는 기분이 들어서. 근데 아니었던 거지. 아니, 너희한테 화가 났던 게 아니라."

다온은 손톱으로 고구마줄기를 짓누르며 말을 골랐다.

"나한테 화가 난 거야. 거기서도 나는 그냥 똑같았구나, 나만 봤구나 싶어서. 내 멋대로 판단하고, 앞질러 행동하고. 그런 내가 너무 싫었어."

그건 우리가 공유하고 있는 감정이었다.

이런 내가, 그런 내가 너무나 싫다는 거. 다르게 행동하지 못했던 내가. 반복하고 있는 내가.

그렇지만 옳은 행동은 무엇일까. 내가 싫지 않을 수 있는 행동은. 양심이 바른 길을 가르쳐 준다면 그대로 할 수도 있는데, 그런 목소리는 들리지 않는다.

"그거…… 토템. 그거 만들면서 되게 좋았는데. 쓸데없는 걸 하고 있어서 좋았어. 아무 목적 없이 시간을 보내고 있다는 게 좋고, 통쾌했어.

그런데 그땐 그랬다는 것조차 싫었어. 내가 해 온 게 지독히도 멍청한 짓 같았고, 엄마 아빠 말처럼 내가 실패작이라는 걸 증명하는 거 같았고. 밭을 아예 못 쓰게 될 줄은 몰랐어. 미안하다."

실패작. 다온은 자기가 그 단어를 반복하고 있다는 걸 알까?

"그거, 너라고 했었잖아. 그 토템."

"그러네. 나를 불태운 거네. 그건 마음에 들어."

다온은 쿡쿡 웃었다.

"그럼 됐어, 아까운 거 아니고 속 시원해진 거면. 밭은 어차피 이번 가을까지만 하고 그만하려고 했어. 아파트 사람들 눈치 보이고, 이사 갈지도 모르고."

리하가 말했다. 나도 모르게 황급히 물었다.

"이사는 왜?"

리하와 다온이 날 바라보았다. 말 한 마디 안 하고 돌아가는 줄 알았다고, 다온은 농담조로 말했고 리하가 한 박자 늦게 대답했다.

"삼촌이, 대전 왔다 갔다 하기 힘들다고 해서. 학교 다닐 거 아니면 굳이 여기 살 필요도 없지 않냐고 했거든. 할머니 계실 때는 할머니 친구분들도 다 이쪽에 사니까 이사 갈 이유가 없었는데, 지금은 또 이사 안 갈 이유가 없네."

리하는 다듬은 고구마줄기에 들기름과 마늘, 고춧가루를 넣어 무쳤다. 서투른 듯 익숙한 손놀림이었다. 리하는 고구마줄기무침을 작은 반찬통에 담아 나와 다온에게 주었다.

결국 나는 다른 말은 하지 못했다.

그래도 괜찮았다. 같은 공간에서 얼굴을 보고, 목소리를 들을 수 있었다는 것으로도 충분했다.

……사실은 충분하지 않았지만, 더 바랄 수는 없었다.

귀뚜라미와
나무 인형,
그리고
인간을 위하여

방학식 날에는 비가 왔다. 비는 세상을 덮어 버릴 기세로 세차게 내렸다. 비가 그치고 나면 아주 다른 세상이 드러날 것 같은, 묵시록 느낌의 비였다.

끝까지 잘 피했다 싶었는데 현관을 빠져나오다 사회 선생과 마주쳤다.

"좀 썼어? 주제가 양심이라고 했었나?"

많이 쓰지는 못했다.

"그래도, 많이 생각하긴 했어요."

"그럼 됐다. 생각이 전부지, 뭐. 근데 그거 알아? 글로 쓰다 보면 생각이 나기도 한다."

내가 대답을 하지 않자 사회 선생이 말을 이었다.

"뭐, 안 써도 돼. 쓰는 것보다 사는 게 중요하지. 어차피 다 잘 살려고 하는 거니까. 인생의 추 같은 거야. 무게 중심을 잘 잡고 있으면 위태로운 상황도 생각보다 쉽게 지나갈 수 있거든."

말끝에 사회 선생은 선택 과목은 뭐로 골랐냐고 물었다. 며칠 전에 있었던 설문 조사 얘기였다. '윤리와 사상'이라고 대답하니까 꽤나 만족스러워했다.

내 이야기를 들었겠구나, 나중에야 생각이 났다. 월요일에 학교에 오자마자 담임과 교감에게 끌려가 면담을 했다. 나는 딱히 문제를 일으킨 적이 없는 평범한 아이였고, 그래서 이 일도 어쩌다 일어난 실수 정도로 정리되었다. 학교 차원에서 대응하는 건 도리어 일을 크게 키울 테니까.

방학 기념으로 인서와 영화를 봤고 피자를 먹었다. 인서는 미술 학원을 그만둘까 말까 고민이라고 했다. 학원 계속 다니다간 그림까지 싫어질 것 같다고. 인서네 부모님은 아니면 아닌 걸로 빨리 결정하라고 재촉한다고 했다.

"두 달 가지고 맞는지 아닌지 판단이 되겠냐. 심란해, 진짜."

피자를 다 먹고 빙수를 먹으러 갔을 즈음엔 인서도 꽤나 기운을 차렸다. 인서에게 넌 나한테 묻고 싶은 거 없냐고 물었다. 인서는 숟가락을 내려놓으며 대답했다.

"이지민 사고 치는 게 맨날 있는 이벤트도 아니고, 신선했다. 네가 얘기하고 싶은 마음이 들 때 얘기하겠지. 근데 그거 알아? 이제 나 너 이해하게 됐다."

"뭘 이해해?"

"김수아랑 다른 애들이 보드 사고도 신지호 때문이라고 했을 때 네가 끼어들었던 거 말이야. 솔직히 나는, 네가 아무리 신지호랑 친했어도 그렇게 끼어들어서 말 고치는 거 좀 그렇다고 생각했거든. 신지호가 한 일이 있으니깐. 근데, 내가 그 상황이 되니까 못 참겠더라."

"애들이 내 욕 했어?"

"욕은 아니고, 정다온이 학교 그만둔다고 책과 문제집을 태웠는데 네가 도와줬다, 그런 얘기였어."

사레가 들려서 입에 든 빙수를 뱉을 뻔했다. 인서가 휴지를 건넸다.

"정정해 줬어, 내가 아는 이지민은 다른 건 태워도 책은 못 태울 거라고. 그런 소리 하는 건 극히 일부니까 너무 신경 쓰진 마."

방학 동안에 사그라질까, 아니면 변형되고 부풀려져 퍼져 나갈까. 내가 할 수 있는 이야기와 무시해야 할 이야기 사이의 선에 대해 생각했다. 나 자신을 보호하기 위해 리하를 끌어들이는 일은 없을 것이다. 오해에 대해서는 아니라고 말하고, 더 이상의 설명을 하지는 않을 것이다.

그래도 인서에게는 미안했다. 인서도 우리하에 대해서 들었을 텐데, 내게서 제대로 된 설명을 듣고 싶을 텐데.

"아직 해결 안된 게 있어서. 내가, 잘못을 했거든. 그런데 아직 사과를 못 했어."

"그때 그, 다른 사람 얘기라고 했던 그 얘기의 다른 사람? 말로 안 되면 다른 걸로 해 봐."

"다른 거 뭐?"

"음, 역시 먹을 게 좋지 않을까? 사과는 사과와 함께."

인서는 장난스럽게 말하고 빙수를 떠 한가득 입에 넣었다.

집에 돌아와서는 책상 위에 산더미처럼 쌓여 있던 프린트와 종이 쓰레기들과 노트를 정리했다. 내친 김에 서랍도 하나씩 빼서 틀어박힌 잡동사니들을 꺼내 버렸다. 그러다 서랍 깊은 곳에서 보리수 잼을 발견했다. 유리병 속 투명한 붉은색은 리하가 주었던 그날 그대로 밝고 고왔다.

남은 종이 쓰레기들은 대충 모아 재활용 쓰레기 상자에 넣고서 집 앞 슈퍼로 나가 자두를 사 왔다. 꼭 자두였어야 하는 건 아닌데 다른 과일보다 먼저 눈에 띄어서 골랐다.

레시피를 계속 확인하면서 하나씩 순서를 따랐다. 자두를 씻고, 씨를 빼고, 제일 큰 냄비에 담았다. 설탕 한 봉지를 다 털어 넣고 끓였다. 두 시간도 넘게 냄비 앞에 서서 오래도록 저었다.

"잼 만드는 거야? 오래 걸렸겠다. 설탕은 일 대 일로 넣었지?"

퇴근하고 온 엄마가 냄비를 들여다보며 말했다. 엄마는 아무 일도 없었다는 듯이 행동하기로 결정한 것 같았다. 돌이켜 보면 엄마는 자주 그랬다. 그게 엄마 자신을 보호하기 위한 선택이라면 나도 받아들일 수 있었다.

물을 끓여 유리병과 뚜껑을 소독하고 마침내 진득해진 잼을 담았다. 크고 작은 병이 다섯 개나 채워졌다.

엄마가 토스트를 구웠고, 마주 앉아 버터와 자두 잼을 발라 함께 먹었다.

"너 기억나니? 옛날에 수박 잼 만든다고, 그거 물기가 너무 많아서 인경이랑 어찌나 오래 저었던지."

엄마는 황망하게 입을 다물었다.

묵묵히 달고 시고 고소한 것들을 먹었다. 추억과 고통이 분리할 수 없이 얽혀 있는 것은 엄마도 마찬가지였다.

다온에게서 리하 연락처를 받았고, 문자를 보냈다. 리하는 거의 곧바로 답을 했고 우리는 다음 날 리하네 아파트 놀이터에서 만났다.

나무 그늘 아래 벤치에 앉았어도 더웠다. 햇볕이 고스란히 내리쬐는 놀이터는 텅 비어 있었다. 그네며 미끄럼틀에서 열기가 뿜어져 나오는 것 같았다.

"이거, 자두 잼인데."

리하는 오묘한 표정으로 잼이 든 유리병을 받았다.

"잘된 건지 모르겠어. 설탕을 너무 많이 넣은 것 같아서, 근데 그만큼 안 넣으면 안 달다고 해서……"

말을 하다 말았다. 나보다 훨씬 더 잘 아는 사람한테 할 얘기는 아니었다.

대신 나는, 지난번에 하지 못한 말들을 하려고 했다. 속여서 미안하다고 사과하려고 했다. 하지만 리하는 달가워하지 않았다. 사과든 뭐든 듣고 싶지 않다고 했다. 사과를 하고 정리하려는 건 내 욕심이었다.

리하는 들고 나온 천 가방에서 텀블러를 꺼냈다. 집에서 만든 수박 주스와 얼음이 들어 있었다.

"삼촌이 또 수박 사 놓고 가서. 반 나눠서 앞집 드렸는데도 남아서, 남은 거 다 주스 만들어 놨어."

어째서 나를 원망하지 않을까. 미워하거나 욕하지 않을까.

고통스러워할 준비를 다 하고 왔는데도 저절로 느슨해졌다. 어깨에서 긴장이 풀렸다. 죄책감으로 틀어막으려 해도 어디선가 안온함이 흘러나와 우리 사이를 채웠다. 너무나 자연스럽게, 그래서 너무나 이상하도록.

"진짜 대전 갈 거야?"

"아직은 잘 모르겠어. 근데 밭도 없어지고, 굳이 여기 있어야 할 이유도 없고."

이유는 만들 수도 있는 건데. 찾아내면 찾아지는 건데. 이유를 찾아내고 싶다면 도와줄 수도 있는데.

"상담 선생님은 두 가지 방법이 있다고 했어. 아예 멀어져서 안 보는 것도 방법이고, 지금처럼 자극이 되는 장소에 다니면서 둔감해지도록 단련하는 것도 방법이고. 지금까지는 계속 버텨 보려 했던 거니까, 이제 좀 멀어져 볼까 해."

텃밭. 리하의 안식처. 리하의 감옥. 가장 고통스러웠던 때와 가장 평온한 때를 떠올리게 하는 무엇. 모순된 두 가지 감정이 얽혀 갈피를 잡지 못하게 하는 것.

나도 그렇겠구나, 생각했다.

"만약 없던 일로 할 수 있다면, 그렇게 할 거야?"

리하가 물었다.

"계속 생각해 봤거든. 없던 일로 할 수 있다면 어떻게 할까, 하고. 내가 꽃을 안 뒀으면 정다온과 얽힐 일도 없고, 그럼 너랑도 몰랐을 거고……. 아무 일 없이, 원래 그랬던 것처럼 계속 지낼 수 있었다면."

"나는 그렇게 안 할 거야."

내 대답은 쉽게 나왔다.

"이기적인 거 같지만, 너에겐 미안하지만, 있던 일이어서 좋았어."

말없이 앉아 있었다. 시간이 흘렀다. 시계 없이도, 초침 없이도 변화를 느꼈다. 내쉬는 숨 한 번에 세상은 미묘하게 달라졌다. 춤추듯 움직이는 먼지와 뺨에 닿는 햇빛, 농도를 달리하는 그림자.

일정한 부피의 시간이 흘러가고 있다는 것, 돌아보면 한 치씩의 시간이 사라지고 없다는 것만이 적절한 진실 같았다. 사라지는 게 아니라 꽉꽉 눌러 뭉쳐진다는 게 더 정확할까.

어떤 시간들은 이미 그 자체로 밀도가 높아서 구길 수도, 압축할 수도 없고, 그대로 수정 구슬처럼 묵직하게 남는다. 지호와 보낸 어린 시절이 그랬고 텃밭의 시간들이 그랬다.

그리고 지금이 그랬다.

리하는 깊게 숨을 들이마시고 내쉬었다. 그러곤 말했다.

"다시 말해 봐."

들으려는 것은 얼마나 큰 용기인가. 그 순간에 나는 리하의 강함을 보았다. 리하의 약함을. 우리가 얼마나 연약하고 강한가를. 우리는 약하기 때문에 서로의 손을 잡아야 했다. 서로가 놓지 않으리란 걸 믿어야 했다. 나는 믿었고, 말했다.

"미안해."

"⋯⋯용서할게."

떨리는 목소리. 긴 한숨.

세상에 완벽한 사과는, 용서는 없을 것이다. 듣는 사람도 만족하고 하는 사람도 맘 편해지는 그런 완벽한 건 없다. 언제나 여지를 남기고 흔적과 실밥을, 마르지 않은 시멘트 위로 지나간 발자국 같은 긴 홈집을 남긴다.

용서는 약속이 아니다. 결과가 아니다. 기나긴 과정이다. 우리는 그 긴 과정의 문턱을 겨우 넘었을 뿐이었다.

엄마와 베란다에서 스티로폼으로 미니 텃밭을 만들었다. 꽃집 할아버지의 조언을 받아 당근과 열무 씨를 뿌렸다. 과연 잘 자랄지 의문이었다. 어제부터 내린 비가 그칠 기미가 없어서 조금 걱정이었다.

엄마는 지호에 대해 궁금한 게 있으면 물어보라고 했다. 이사한 게 지호네 때문이었는지부터 물었다.

엄마는 버거웠다고 했다. 좋았던 시절이지만 그만큼 힘들었다고. 엄마까지도 그 우울에 잠식될 것 같아 끊어 내야 했다고. 지호가 가여웠지만, 엄마는 거기서 말을 끊었다.

"지호 엄마한테는, 인경이한테는 가끔 연락해."

마침내 엄마가 말했다. 예상하지 못한 말이었다.

"지호 얘기는 안 해. 어떻게 사는지도 안 물어봐. 물어봤자 인경이 속만 상할 거 같고. 그냥, 날이 좋다, 비가 왔다, 밥은 먹었냐, 그런 것만 물어보지. 하루 있다 답이 올 때도 있고, 일주일 있다 올 때도 있고."

엄만 연락하면서 왜 나는 하지 말라고 했는지, 물어보려다 말았다. 물어보는 게 아니라 따지는 게 될 것 같아서. 동시에, 엄마의 마음을 듣지 않아도 알 것 같았기 때문에.

"그럼 지호 주소도 알 수 있어? 진짜 주소나 아니면 이메일이라도."

"그건 왜?"

"편지 쓰려고."

갑작스레 떠오른 생각이었지만 말로 하자 확신이 들었다.

지금껏 나는 지호에게 직접 닿으려는 시도조차 하지 않았다. 지호를 위해 행동한다고 하면서도 진짜 지호에 대해선 알려 하지 않았던 것이다. 감당할 수 없을까 봐, 절망스러울까 봐.

그 두려움은 여전했지만 피하고 싶지 않아졌다. 방향을 바꾸면 된다. 지호에게 초점을 맞추고 짐작하고 전전긍긍하는 대신 내 이야기를 하는 거다. 다온과 텃밭과 리하에 대해서, 내게 있었던 일들에 대해 편지를 쓰고 싶었다.

내 느낌을, 질문을, 어설픈 답들을. 당위나 논리가 아니라 사람들의 이야기를 전하고 싶었다.

저녁엔 이모가 찜닭을 사와서 함께 먹었다. 이모는 방학 끝나기 전에 어디 여행이라도 다녀오자고 했다.

"가고 싶은데 있어? 제주도 아님 부산?"

"아니, 그럼…… 대전?"

"대전은 갑자기 왜? 거기 뭐 있어? 카이스트 말고?"

딱히 뭐가 있어서 가고 싶었던 것은 아니었다. 어떤 데인지 궁금해서 그랬다. 머릿속으로 그려 볼 수가 없어서, 한번 가 보면 상상할 수 있을 것 같아서.

후식은 차갑게 얼린 치즈케이크였다. 잼을 얹으면 더 맛있다는 이모 말에 내가 만든 자두 잼과 리하가 만든 보리수 잼을 가져왔다.

이모도 엄마도 보리수 잼은 처음 먹어 본다고 했다.

시지 않고, 달고, 부드러웠다.

리하는 삼촌이 있는 대전에 갔다. 완전히 이사하기 전에 한번 살아 본 다고 했다. 잘 지내기를 바라는 마음이 반, 별로이길 바라는 마음이 반 이었다.

다온은 학원을 옮긴 뒤로는 거의 보지 못했고 가끔 연락만 했다. 그러 다 도서관 종합자료실에서 우연히 마주쳤다. 다온은 내게 꼭 말해 주고 싶은 게 있다고 했다.

"지미니 크리켓이 원래는 욕 대신 하는 말이었던 거 알아? 미국에서 놀라거나 짜증나거나 할 때 지저스 크라이스트라고 하는데, 그건 좀 신 성모독이잖아. 그래서 제이, 씨, 이니셜만 똑같게 해서 지미니 크리켓이 라고도 했대. 지난번에 찾아본 건데…… 괜히 말했나."

다온은 작은 목소리로 신나게 속삭이다가 내 눈치를 봤다. 도서관 안 이라서 크게 웃지는 못했다.

"괜찮네. 제이씨, 하면 우리말로도 욕 같고."

"새로운 정체성으로 적당하지?"

무슨 소리인가 싶었는데, 다온이 말을 덧붙였다.

"걔도 사람이고, 너도 사람이야. 그걸 말하고 싶었어."

울컥 치밀어 오르는 기분에 시선을 돌렸다. 다온은 지미니 크리켓! 하고 웃긴 억양을 담아 말했고, 웃음이 터졌다. 입을 막았는데도 소리가 새어 나왔다. 사서가 와서 조용히 해 달라고 할 정도였다.

우리는 놀이터로 걸어 나왔다. 뜨거운 여름 오후의 공기가 에어컨에 차게 식었던 몸을 감싸 주었다.

"너는, 신 포도인 거 여전해?"

"좀 벗어나려고 하고 있긴 해. 신 포도 아닌 척하는 걸 그만두려고. 워낙 버릇이 되어 있어서 잘 될지는 모르겠지만."

다온은 기지개를 켜며 대답했다.

다온을 알아본 아이들이 달려왔다. 팔에 매달려 놀아 달라는 아이들을 떼어 내며 다온은 싫은 소리를 했다. 나도 할 일 있어, 더운 데 뛰기 싫어, 사탕 없어! 그러곤 날 보더니 픽 웃었다. 저게 시작인가, 신 포도 아닌 척 안 하기. 그래도 다온은 결국 딱 한 판이다, 하면서 아이들 놀이에 끼어들었다.

엄마들이 앉은 벤치에 어정쩡하게 끼어 앉아서 아이들과 다온의 발에 붙어 활발하게 움직이는 그림자들을 바라보았다.

빛을 등지면 그림자는 앞으로 진다. 빛을 향해 돌아서면 그림자는 보이지 않는다. 사라지는 건 아니다. 그 기억들은 그림자처럼, 끝까지 우리의 발끝에 달라붙어 있을 것이다.

가끔은 흐려져 거의 사라진 것 같았다가도 또다시 진해지겠지만, 그림자가 진해졌다고 해서 나에게 무슨 문제가 생긴 것은 아니다. 그저 빛이 센 상황이 된 것일 뿐. 그렇게 달라지고, 바뀌고, 반복되더라도 괜찮을 것 같았다.

귀뚜라미와 나무 인형이 아니라 인간과 인간.

답을 아는 누구와 답을 모르는 누구가 아니라, 아는 것과 모르는 것이 뒤섞인, 때로는 옳은 일을 하고 때로는 그른 일을 하는 인간들.

자기가 한 일에 대해 책임을 져야 하는, 자기 자신만큼의 몫을 가진, 때로는 다른 사람 몫까지 감당해 내는 보통의 사람. 아프기도 하고 다치기도 하고 자라고 늙을 수 있는 사람. 일단은 사람. 어차피 인간이 아닌 다른 게 되어 본 적도 아직 없으니까.

나는 귀뚜라미도, 양심도 아니다. 나는 그냥 사람이다.

"야, 이지민! 이거 받아!"

다온이 나에게 구겨진 손수건을 던졌다. 아이들이 우르르 이쪽으로 달려왔고, 나는 반사적으로 수건을 잡아 들고 반대쪽으로 뛰었다. 술래다, 잡아! 다온이 웃으며 소리치는 걸 들었다.

금세 차오르는 숨, 목덜미에 흐르는 땀. 놀이터는 좁고, 도망갈 곳은 없고, 그래도 어디까지나 갈 수 있을 것 같은 마음으로, 나는 힘껏 땅을 디뎠다.

이야기마다 그 시작점이 다릅니다. 문장에서, 이미지에서, 또는 인물에서 시작할 때도 있고 공감 또는 반발심에서 이야기의 처음을 발견하기도 합니다.

이 이야기는 두 가지 의문에서 비롯되었습니다. 수많은 답과 답하려는 시도들이 있어 왔으나 여전히 확답할 수 없는 질문이었습니다.

첫째는 이것입니다. '한 사람의 잘못은 그 사람만의 책임인가?' 그 사람이 태어나고 자라 온 환경, 속한 공동체, 우연히 주어진 상황과 조건들을 헤아린다면 온전히 책임을 묻기 어려워집니다. 책임을 나누어 질수 있을까요? 그 사람에 대해 잘 알게 될수록 비판하는 것이 어려워진다면, 공정하지 않은 걸까요?

둘째로는 '잘못에 대해 적절한 대가를 치를 수 있는가'였습니다. 법적인 대가 말고, 피해자로부터 용서받기 위해서는 무엇을 해야 할까요? 또 대가를 치렀다고 해서 잘못으로 인한 고통이 사라지거나 피해를 받기 전으로 돌아갈 수 있을까요?

의문들을 느슨하게 흩어 놓고 그 사이를 이리저리 거닐 때, 흐릿한 저 너머에서 인물들이 걸어 나오기 시작했습니다. 그들의 말과 행동이 서로 부딪쳐 일으키는 반향이 곧 이야기가 되었고 쓰는 것은 내 몫이었지요. 서두르지 않으려 두 손을 말아 쥐곤 했습니다. 빨리 답을 내리고 빨리 써 버리면 껍데기만 손에 남게 될 테니까요.

그래서 결국 어떤 답을 얻었느냐고 묻는다면, 늘 하는 말로 대답하겠습니다.

그 답을 한 마디로 정리할 수 없기 때문에 이렇게 긴 이야기를 썼다고요.

완벽하지 않은 사과와 완벽하지 않은 용서에 대하여, 어떻게든 계속되는 삶과 크고 작은 흉터들에 대하여. 곁에 선 사람들의 온기와 연약한 용기에 대하여.

이 책을 읽은 여러분은 어떤 답에 가 닿았는지 궁금합니다. 제가 풀어낸 이야기에 공감할 수도 있고 반발할 수도 있겠지요. 바로 그 지점에서, 여러분의 이야기가 새로이 시작되기를 바랍니다.

마지막으로, '세 번째 사람'에 대해 이야기해 보려 합니다.

쓰고 난 뒤에야 발견했습니다. 당사자 두 사람 말고 그 곁의 세 번째 사람이 상황을 바꾼다는 것을요.

당사자들이 보지 못한 것을 보고, 차마 상상하지 못했던 것을 행동으로 옮기는 사람. 지민에게 그것은 다온이고, 또 리하였지요. 과거에 묶인 채로 고정되어 있던 지민과 지호의 관계는 이들로 인해 달라집니다.

또한 어떤 상황에서는 지민이 세 번째 사람이기도 했습니다. 리하와 지호 사이에서, 다온과 선배, 리하와 다온, 다온과 재희의 관계에서 그랬지요. 지민이 뒤로 물러서지 않고 꿋꿋이 그 역할을 해냈기에 크고 작은 변화들이 가능했습니다.

세 번째 사람은 뒤로 물러설 수도 있습니다. 나와 상관없다고 고개를 돌려 버릴 수도 있고요. 그러나 한 걸음 더 가까이 갈 수도 있습니다. 숨결과 온기가 느껴질 만큼, 변화를 가져올 만큼.

책 속에서만 가능한 일은 아닐 것입니다.

우리는 지금 세 번째 사람이거나, 세 번째 사람이 될 수 있거나, 세 번째 사람이 되어야 할지도 모릅니다.

김혜진